KB183907

OST,
그 이야기의 시작

OST,
그 이야기의 시작
●

인쇄일 · 2025. 1. 15.
발행일 · 2025. 1. 20.

지은이 | 김소현
펴낸이 | 이형식
펴낸곳 | 도서출판 문학관
등록일자 | 1988. 1. 11
등록번호 | 제10-184호
주소 | 04091 서울시 마포구 토정로 214 1층
전화 | (02)718-6810, (02)717-0840
팩스 | (02)706-2225
E-mail | mhkbook@hanmail.net

copyright ⓒ 김소현 2025
copyright ⓒ munhakkwan. Inc. 2025 Printed in Korea

값 · 15,000원

ISBN 978-89-7077-667-5   03810

OST,
그 이야기의 시작

김소현 영화에세이

문학관books

  어스름이 깔리고 새들이 날개를 접는 저녁, 라디오에서 시그
널이 흐르고 정갈하고 정제된 남성의 목소리가 들린다. 밥 짓
는 연기가 달큰하게 퍼지면 내 마음에도 감성의 연기가 모락모
락 피어오른다. 신선하고 아름답고 신비로운 음악들은 때로 사
랑으로, 때로 슬픔으로 가슴을 젖게 하고 추억과 향수로 뭉클
하게 하며, 아득히 저 먼 곳으로 여행도 시켜준다.

  그동안 순환한 계절이 몇 번이었던가. 대지가 연둣빛으로 물
들 땐 희망으로 다가왔고, 여름비가 심연 때리며 내릴 때는 그
빗소리만큼 마음을 흠뻑 적셔주었다. 가을엔 혼신을 다 해 몸
을 아름답게 물들이는 나무처럼 감성을 채색시키고, 눈이 내
려 사위가 흰 비단으로 둘러싸이면 고요한 설렘으로 창가에
서게 하는데….

  코로나와 가족의 암 발병 같은, 쓸쓸하고 하찮은 일상에서
나를 위로해주고 잡아준 건 영화와 음악이었다. 외로운 '섬'이
돼 버린 나에게 따스한 빛을 비추는 등대 같았던 음악들…, 내
손길이 필요한 환자가 있는 집, 창살 없는 감옥에서 할 수 있

는 일은 글쓰기뿐이었다. 나이가 들면 사람들 외모가 비슷해진다고 한다. 삶도 그런 듯해서 특별할 것 없는 일상풍경을 피해 영화와 음악얘기를 쓰기로 했다. 하루 한 편 고전영화를 보며 음악이 좋은 영화를 고르느라 고심했다. 대체로 음악이 좋으면 영화도 좋았다. 사적인 감성을 배제하고 대중이 공감할 만한 곡으로 선곡했다.

내가 고전영화를 즐겨보는 이유는 고전문학작품을 보는 것 같은 느낌 때문이다. 탄탄한 구성과 깊이, 품위와 멋, 낭만과 해학이 있어서다. 흑백의 진짜 미인들을 볼 수 있고 고급스런 음악이 있다. 증기기관차는 고전영화의 기본 미장센이다. 하얗고 무해한 연기를 뿜으며 달리는 기차에서 사랑도, 범죄도 피어난다. 소녀시절 아버지를 따라 극장에 가서 본 영화들이 나의 영화적 감성을 키운 것 같다. 어쩌면 그 이전부터…. 나는 오래된 정서를 타고난 사람인지 모른다.

어디서건 시끄럽고 복잡한 배경에서도 내 귀엔 음악이 들린다. 좋은 음악은 훌륭한 연설과 같아야 한다고 누군가 말했다. 오늘도 작곡자가 자신만의 물감으로 채색한 그런 '연설'을 찾아 한껏 가슴을 연다. 독자가 책 속의 음악을 한 곡이라도 찾아 듣는다면 이 책은 성공이다. 죽는 순간까지 리라를 놓지 않았던 오르페우스처럼 남은 생도 음악과 함께하고 싶다.

| 차 례 |

영화로 듣는 월드뮤직

스크린 속 명곡 2

미를 좇아

삶, 그 풍경

영화로 듣는 월드뮤직

영화로
듣는
월드뮤직

갈빛 노스탤지어
〈부에나 비스타 소셜 클럽〉

월드뮤직 감상실 벽 스크린에 영상이 뜨고 음악 하나가 흐른다.

조금은 썰렁하고 삭막해 보이는 어느 녹음실에서 헤드폰을 끼고 어정쩡하게 나무의자에 걸터앉은 두 남녀, 이브라힘 페레르(1927~2005)와 오마라 포르투온도(1930~)가 'Quizas Quizas Quizas 아마도 아마도 아마도'를 부른다. 영화에도 쓰이고 냇 킹 콜, 안드레아 보첼리를 비롯한 많은 가수들이 부른 그 낭만적인 노래는 표현할 수 없는 감흥을 불러일으키며 두 노인의 입에서 흐른다. 반주를 맡은 젊은 피아니스트는 헐렁한 상의에 검정 페도라를 쓰고 자신만의 연주에 빠진 듯 열정적으로 건반을 요리한다. 노래를 들으며 평소와 달리 가슴이 전율하는 건 음향이 좋아서만은 아닐 것이다. 그들이 부에나 비스타 소셜 클럽의 전설들이기 때문이다. 언제쯤의 영상인지 모르지만 그 중 한 사람은 이제 없다.

부에나 비스타 소셜 클럽은 1930~40년대 쿠바 아바나에서 전성기를 누렸던 사교클럽이었다. 쿠바 산티아고는 쏜son 음악의 발원지다. 쿠바가 스페인 지배를 받던 그 시절, 아프리카에서 온 흑인들의 음악 콩가와 유럽 음악이 융합하여 쏜 음악으로 탄생했다. 트럼펫과 트레스(3줄 현 기타)의 매혹적인 소리가 애수와 낭만을 자아낸다. 두 악기는 쿠바음악의 메신저다. 역사적 배경으로 인해 아프리카의 수많은 민속리듬이 바탕에 자리한 쿠바음악은 스페인 사람들의 라틴적인 기질과 유럽 문화의 다양한 요소들이 배합된 음악이다. 1950년대에 쏜 음악 뮤지션들은 왕성하게 활동했다. 전설의 연주자들 이름은 루벤 곤살레스(피아노), 과히로 미라발(트럼펫), 카차이토 로페스(더블 베이스), 콤파이 세군도와 엘리아데스 오초아(기타), 보컬 이브라힘 페레르, 유일한 여성 멤버 오마라 포르투온도이다. 쏜의 대표곡 Chan Chan을 만든 콤파이 세군도는 라틴음악의 뿌리다.

1996년 미국의 작곡가이자 음악 제작자인 라이 쿠더는 아프리카 기타리스트들과의 협연을 위해 쿠바를 찾는다. 그러나 계획에 차질이 생겨 무산되고 그는 혁명 이전의 쿠바 음악인들이 생존해 있음을 알고 그들을 찾아낸다. 6일 동안 그 이름 (부에나 비스타 소셜)을 그대로 붙인 그룹을 만들어 녹음하고 앨범을 발표한다. 쿠바음악을 세계에 알리게 된 계기였다. 이후 그 앨범은 그래미 어워드 수상과 빌보드 차트 1위를 기록하는 쾌거를 이룬다. 구두 수선공 출신 이브라힘 페레르는 길을 걷다가 제작자의 눈에 띄어 캐스팅되었다. 〈치자꽃 두 송이 Dos Gardenias〉를 부른 그는 한국에서도 많은 사랑을 받은 보컬로 훗날 그래미상 3관왕의 영광을 얻는다. 쿠더는 빔 벤더스 감독에게 전화를 걸어 이들의 활동을 다큐멘터리 영화로 만들자고 제안한다.

쿠더의 전화를 받은 몇 년 후 독일 출신 영화감독 빔 벤더스는 이들의 삶을 다큐멘터리 영화로 만든다. 가난했지만 행복했던 뮤지션들은 1998년 암스테르담 공연 후 두 달 만에 미국 카네기홀에서 공연한다. 덕분에 쿠바와 미국은 50년 만에 국교수교를 한다. 2015년 마이애미 공연을 계기로 오바마 당시 대통령은 다음 해 쿠바를 방문한다. 아카데미상 후보에도 올랐던 영화 성공 후 이들은 승승장구한다. 인생의 황혼기에 절정의 전성기를 맞은 노 대가들의 순수한 열정은 전 세계

음악팬들에게 잊지 못할 추억을 선사했다.

피델 카스트로와 체 게바라의 혁명은 음악계에도 큰 영향을 주었다. 카스트로의 독재가 시작되며 전통음악은 사라지고 음악계는 침체됐다. 카스트로는 예술가들을 등급 별로 나누어 급여를 지급했다. 혁명 이후 쿠바에는 음악을 통해 라틴 아메리카 사람으로서의 정체성을 회복하자는 기치로 '누에바 칸시온'(새로운 노래) 운동이 일어나는데, 칠레, 아르헨티나등 독재정권으로 고초를 겪은 중남미 전체로 확산되었다. 피노체트 군부에 목숨을 잃은 칠레의 가수 빅토르 하라, 아르헨티나 음악의 대모 메르세데스 소사는 라틴 아메리카에 대한 애정과 어두운 현실을 살아가던 사람들에게 음악으로 희망의 메시지를 전했다. '누에바 트로바' 음악은 쏜이나 볼레로와 달리 서정성이 담긴 대중예술로서 가치를 인정받으며 지금도 많은 사랑을 받고 있다. 섬세한 감성과 시적인 노랫말 〈유니코니오〉로 유명한 가수 실비오 로드리게스와 〈욜란다〉로 유명한 파블로 밀라네스가 그 주역이다.

아바나 사람들은 부에나 비스타 소셜 클럽을 최고로 추앙하는 건 아니라 한다. 그들의 명성에 가려진 뮤지션들이 많았기에. 부에나 비스타 소셜 클럽의 명성으로 그들이 남긴 음악과 발자취들은 이미 전설이 됐기 때문이다. 96세로 생을 마친 콤파이 세군도의 장수 비결은 '도를 넘지 마라'는 신념이었다. 그들의 어록이 인상적이다.

'위로가 필요할 때 우리는 노래하네. 음악은 국민의 영혼이다. 사람을 죽일 순 있어도 노래를 막진 못한다. 쏜은 사랑으로 만든 음악이다. 자신의 가치를 깨달아라. 기억하는 것은 다시 사는 것이다.'

그의 죽음을 시작으로 노령인 그들은 한 사람씩 사망한다. 영화 마지막 장면에서 오마라 포르투온도는 이브라힘 기일에 그가 불렀던 〈치자꽃 두 송이〉를 부르며 그의 묘에 꽃을 놓는다. 나는 당시 86세이던 그녀를 보며 한국 재즈 대모 박성연을 떠올렸다. 비슷한 나이에 세상을 떠난 그녀가 좀 더 생존하길 바랐기에. 부에나 비스타 소셜 클럽의 유일한 생존자 오마라는 이제 90대의 노령이 됐다.

chan chan을 영어로 부르면 감흥이 일까. 요즘 스페인어를 공부하고 있다. 그 언어에 매력을 느껴서다. 여행이 목적도 아니고(로망이긴 하지만) 중남미 음악을 잘 듣기 위해서라면 웃는 사람이 있을지도 모르겠다. 여행을 부추기는 낭만적인 곡 〈라 팔로마〉가 아바나 항구를 떠나는 뱃사람과 정을 주었던 매소

부와의 이별을 노래하는 가사라는 정도는 알아야 할 것 같다. 언어도 아는 만큼 들린다. 여하튼 요즘 중남미 음악에 빠진 건 확실하다. 그리고 혹시 아는가. 언젠가 아바나 선술집 창가에 앉아 칸티네로(바텐더)에게 멋지게 '다이키리' 한 잔을 주문하게 될지도 모를 일이다. 헤밍웨이처럼….

늦가을의 서정
⟨밤의 문 Les Pertes de la Nuit⟩

피아노 음이 또르르르 굴러 떨어진다. 낙엽이 저렇게 빨리 떨어지던가. 로저 윌리엄스 오케스트라 버전 샹송 ⟨고엽⟩을 들을 때의 단상이지만, 퇴색하여 소멸하는 잎사귀의 낙하는 인생의 비의를 대신한다. 아름답고 쓸쓸한, 늦가을의 정취를 대변하는 이 곡은 떨어지는 나뭇잎을 보며 지나간 사랑을 회상한다는 내용이다. 이 곡은 프랑스 시인이자 시나리오 작가인 자크 프레베르 시에 헝가리 출신 작곡가 조셉 코스마가 곡을 붙였다. Les feuilles Mortes는 '죽은 나뭇잎들'이란 뜻으로 원래는 발레곡이었다고 한다. 프레베르는 영화감독 마르셀 카르네와 함께 많은 걸작을 남겼는데 이 곡이 담긴 영화 ⟨밤의 문⟩도 그 중 하나이다.(한국에서는 '야간문'으로 소개되었다.)

1946년 나치에게서 해방된 혼란스런 파리 거리에 익숙한 선율이 흐른다. 가사 없는 고엽이다. 디에고(이브 몽탕)는 레지스탕스 활동 중에 죽은 친구 레이몽의 소식을 알리러 기차를 타고 그의 집으로 가는 중이다. 한 남자가 그를 지켜보며 그 뒤를 따른다. 하지만 죽은 줄 알았던 친구는 살아 있었고 철도원으로 일을 하고 있었다. 디에고가 레이몽 가족과 식당에 가 즐거운 시간을 보낼 때 그를 따라온 낯선 남자가 하모니카를 꺼내 고엽을 연주한다. (낯선 남자 역의 장 빌라르는 연출가 겸 배우로 아비뇽 연극제의 창시자라 한다)

막차를 놓쳐 친구 집에서 하룻밤 자게 된 디에고, 그 사이 집 밖에는 건물주인의 딸 말로(나탈리 나티에르)가 남편에게서 도망쳐 집으로 들어온다. 어릴 때 집을 떠난 엄마와 살다가 라디오 가수로 활동하며 남편을 만났지만 행복하지 않았던 거다. 그녀는 오랜만에 아버지를 만나 얘기를 나누고 어릴 때의 추억이 담긴 창고로 가 둘러보던 중, 친구의 어린 아들과 창고를 찾은 디에고와 만난다. 창고 한쪽에서 낯선 남자가 또다시 고엽을 연주할 때 디에고는 오래전 샌프란시스코 차이나타운에서 그 곡을 들었다고 말한다. 말로는 뉴욕에서 가수할 때 그 곡을 들었다며 노래를 따라 부른다. 두 사람은 공통된 추억을 얘기하며 춤을 추고 곧 사랑에 빠진다.

말로의 남동생 기가 여행 짐을 챙기기 위해 집에 들렀다가 아버지와 언쟁을 벌일 때, 디에고는 그의 목소리로 그가 게슈타포에게 친구들을 밀고한 자라는 걸 알게 된다. 두 사람은 몸싸움을 벌이고 디에고와 말로는 카페로 간다. 자신을 '운명'이라 칭하는 낯선 남자는 예언자처럼 사람들을 쫓으며 '모든 사람이 행복하게 죽을 수는 없다'는 말로 그들의 운명을 암시한다. 말로를 찾아다니던 남편 조르주는 길에서 그녀의 동생 기를 만나고, 기는 그에게 디에고를 죽일 목적으로 총을 주지만 그 총은 말로를 향해 불을 뿜는다. 기는 도망치다가 달려오는 기차를 정면으로 맞는다. 수술 도중 말로는 숨을 거두는데 죽기 전 그녀는 디에고의 이름을 묻는다. 디에고가 허탈한 표정으로 기차역으로 향할 때 고엽 선율이 흐른다.

  이 모든 일은 하룻밤 사이에 일어났다. 감독은 불가능한 사랑과 죽음, 고독을 그린 이 영화에서 레지스탕스가 가졌던 희망, 더 나은 세상에 대한 어떤 희망을 말하려 한 듯하다. 전쟁 직후의 폐허처럼 자리를 잡지 못한 인간 군상들의 공허한 내면을 잘 묘사했다. 그러나 눈의 초점을 흐리며 독백하듯 말하는 여배우 때문인지 영화는 마치 연극무대 같은 분위기였다. 자막으로 듣는(?), 언어가 먼 영화는 아득한 느낌이다. 감정이와 닿지 않는 건 내 귀가 한국어에만 익숙해서인지 모른다. 젊을 때의 이브 몽탕의 모습은 낯설기만 했는데 나이 들면서 관록이 붙어 우리가 익히 아는 그의 모습이 된 듯하다. 미용사, 노동자를 거쳐 가수, 배우가 된 그는 에디트 피아프의 연인이었지만 시몬느 시뇨레와 결혼해 생을 마쳤다.(1921~1991) 고엽 멜로디는 영화가 제작되고 일 년 후 프레베르가 가사를 붙여 가을을 알리는 샹송이 되었다.

> 낙엽이 무수히 뒹굴어요
> 잘 알죠 내가 잊지 않고 있다는 걸
> 낙엽이 무수히 뒹굴어요
> 추억과 회한들 역시
> 그리고 북풍은 그것들을 실어 나르는군요
> 차가운 망각의 밤 속으로
> 난 잊혀지질 않네요
> 당신이 내게 들려주던 그 노래가

고엽은 에디트 피아프의 '사랑의 찬가'와 함께 대표적 샹송으로 불린다. 깊은 시정을 담은 노래로 부드러운 목소리의 이브 몽탕이 쓸쓸한 어조로 독백하듯 불렀다. 영어버전은 빙 크로스비, 냇 킹 콜, 프랑크 시나트라, 에바 캐시디 같은 걸출한 가수들이 불렀고 다양한 장르로 편곡되어 가을 정취에 흠뻑 젖은 사람들에게 사랑을 받고 있다.

노래라는 뜻의 샹송은 프랑스의 대중음악이다. 예술의 나라로 불리는 프랑스, 깊이 있는 예술문화의 전통이 이어져 샹송은 문화유산이 되었다. 프랑스 사람들만의 정서적 표현이 담겨 있는 샹송은 예술적 우아함과 사색적인 분위기로 특유의 언어에서 풍기는 아름다움이 있다. 시인 볼테르는 "프랑스 사람들처럼 아름다운 노래를 가진 국민은 없다"고 말했다. 샹송은 프랑스 사람들에게 자부심을 안겼다.

프레베르는 사망 전 인터뷰에서 "유행을 따를지라도 나는 대중들에게 가까이 가고 싶다, 나를 즐겁게 만드는 것은 독자들을 얻는 것이다. 그들은 가장 위대한 비평가들이다"라고 했다. 그는 77세에 폐암으로 사망했는데 마르셀 카르네는 그의 사망 직후 '프레베르는 유머와 시정이 가득했던 프랑스 영화의 유일한 시인'이라며 추모했다.

땅고, 그 치명적 유혹

지붕이 열리는 국립극장 하늘극장에 아르헨티나 탱고가 도착했다.

오래전 예매하고 기다린 공연 〈탱고, 로망, 그리고⋯포옹〉이다. 로맨틱 탱고 위크 조직위에서 주최하고 아르헨티나의 남녀 탱고마스터와 한국, 대만, 일본을 대표하는 탱고댄서가 함께하는 '탱고 컬' 공연이다.

예술이 있는 곳은 공기가 다르다. 초가을 저녁의 맑은 바람이 더해 극장 입구에서부터 기분 좋은 에너지가 피어오른다. 아담한 원형극장에 탱고를 사랑하는 사람들이 속속 입장한다. 앞자리의 젊은 여인이 겉옷을 벗고 드레스 차림으로 앉는다. 공연 후의 밀롱가(탱고를 추기 위한 모임, 장소)를 대비한 듯하

다. 은은한 조명 아래 원탁 서너 개가 놓여 있는 무대는 연극 주인공을 기다리고 있다. 이윽고,

정장에 페도라를 쓰고 가방을 든 젊은 남성이 등장한다. 아르헨티나가 경제부국이던 시절 유럽으로 유학 갔던 페르난도는 부에노스아이레스로 돌아와 친구 카를로스와 만난다. 반갑게 조우한 그들은 밀롱가에서 친구들을 만나 탱고파티를 연다. 정장한 남성들과 머리를 뒤로 쪽지고 긴 타이트스커트 차림의 여성들이 춤을 추기 시작한다. 보는 이를 아찔하게 만드는 충만한 곡선의 미…. 절도 있는 고갯짓 없이 발끝으로 바닥을 톡톡 치거나 다리를 뒤로 쭉 뻗어 원을 그리고, 리듬에 맞춰 이리저리 날렵하게 차면서 간간이 회전하는 탕게로스(탱고춤을 추는 사람)들의 발짓이 백조의 고갯짓처럼 우아하다.

가까이에서 보는 춤도 좋았지만 아르헨티나 스페셜 탱고밴드 '솔로땅고 오르케스타'가 연주하는 격조 높은 음악은 당장 그 나라로 떠나고 싶을 만큼 심장에 울림을 주었다. 음악이 고급스러우니 춤도 그렇게 보였다. 피아노, 바이올린, 더블베이스, 그리고 반도네온 연주자들은 악기를 가지고 노는 듯 노련했다.

반도네온은 탱고의 영혼이라고 한다. 누군가는 이 악기에 경의를 표하기 위해 만들어진 춤이 탱고라고도 한다. 러시아

민요 같은 애수가 느껴지는 음악, 아스토르 피아졸라의 익숙한 선율이 부드럽게, 때로 절도 있게 이어진다. '오블리비언(망각)'도 저 시원으로부터 기억을 불러오는 듯 조용하고 아득히 흐른다. 한때 내 전화기 컬러링으로 사용한 곡이다. 온 신경이 음악에 집중됐다.

천재 반도네오니스트라 불리는 라우따로 그레꼬의 연주는 그에게 연심이 생길 정도로 매혹적이었다. 내가 앉은 S석에서는 그들의 옆모습이 보였는데 나는 미소 지으며 연주하는 반도네오니스트의 군살 없는 턱선에 시선이 자주 갔다. 뒷모습만 보이는 피아노 연주자는 페달을 사용하지 않고 두 발로 리듬을 치면서 춤추듯 온몸을 움직이며 건반이 부서져라 두드려댔다.

공연이 끝나자 천장이 열리고 검은 하늘이 보였다. 사람들의 환호성이 터졌다. 그리고 관객이 직접 참가하는 밀롱가가 이어졌다. 댄서들과 관객이 함께 탱고를 추는 순서다. 자리에 앉아 있던 남녀들이 구두를 갈아 신고 기다렸다는 듯 우르르 무대로 나간다. 무대는 순식간에 파티장이 되었다. 나는 몸이 움찔거렸지만 내 실력으론 어림없을 것 같아 포기하고 조용히 그곳을 빠져나왔다. 세계적인 탱고밴드 '솔로 땅고'가 반주해 주는 무대에 서 보지 못한 아쉬움을 안고.

그 옛날, 부에노스아이레스 보카 부두지역에는 유럽에서 이주해 온 노동자들이 있었다. 일과가 끝나고 그들은 서로의 외로움을 달래며 춤을 추었다. 포르투갈 선술집에서 어부들이 Fado를 들으며 애환을 달래듯 그들은 춤을 추며 향수를 달랬는지도 모른다. 찌든 삶을 살아갈 수밖에 없었던 이민자들이 그 격정적인 감정을 춤과 음악으로 분출했던 탱고는 스페인의 플라멩코와 함께 가장 인상적인 예술로 꼽힌다. 가난한 이민자들의 향수와 라틴의 기질이 만나 표출된 우울한 고독감과 격정적인 감성이 춤과 함께 표현되어 왔다. 화려한 연회장에서 왈츠를 추던 부에노스아이레스 상류층들은 탱고를 저속하게 여겨 천대했다. 흑인 빈민가에서 출발한 재즈 음악처럼… 이후 유럽으로 건너가 돌풍을 일으킨 탱고는 어찌된 일인지 그 상류층에 의해 다시 돌아와 스테이지 탱고로 자리 잡고 오늘에 이르렀다. 열정적인 눈빛을 마주한 채 엮어가는 탱게로스의 관능적인 춤은 세계무형유산이 되었다.

탱고하면 영화 〈여인의 향기〉에서 맹인 알 파치노가 젊은 여인과 함께 추던 장면이 떠오른다. 나는 그 장면을 보기 위해 동영상을 찾아보곤 한다. 유명한 그 음악 '포르 우나 카베자Por Una Cabeza'는 경마용어로, 간발의 차이로 끝난 아슬아슬한 승부를 의미한다고 한다. 경마로 돈을 날린 남자가 경마의 중독을 매력적인 여인과의 사랑에 비교하는 심정을 그린 음악이라 하니, 탱고와 경마는 아마도 빠져나올 수 없는 치명적 매력이 닮은 건 아닐지.

탱고음악의 기본이랄 수 있는 '라 쿰파르시타'는 아르헨티나 탱고의 고전이다. 절도 있고 리드미컬한 그 곡을 처음 들었을 때는 듣는 음악에 불과했으나 이제는 그 끈끈한 리듬을 느낄 수 있게 됐다. 거기엔 아스토르 피아졸라(1921~1992)의 공이 컸다. 아르헨티나의 탱고음악 작곡가인 그는 탱고에 재즈, 클래식, 팝을 접목하여 '누에보(새로운)' 탱고 음악을 만들고, 단순히 춤곡이 아닌 자신만의 음악세계를 구축했다. 그의 작품 '부에노스아이레스의 사계'는, 마니아들에게는 비발디의 사계 못지않다.

탱고는 남녀노소 누구나 즐길 수 있는 춤이지만 사랑하는 남녀에게 어울리는 춤이다. 삼바나 자이브 같이 신나게 리듬을 즐기는 춤에 비해 탱고는 화려하면서도 노동자들의 비애가 배어나오듯 우수 어린 춤이다. 음악에 젖어들고 내면의 감성이 표출되면 배우가 애드리브를 하듯 즉흥적 동작이 나오기도 한다. 탱고는 정열, 매혹, 사랑, 관능의 수식어가 붙는 춤이지만 누군가의 말처럼 '행복한 중독'이 맞는 것 같다. 영혼을 데워주는 탱고가 내겐 로망이지만 세월이 흐르고 그때 생긴 무릎 부상으로 수술까지 했으니 이젠 음악으로만 즐길 뿐이다.

러시아 서정
'올드 로망스'와 〈눈보라〉

소현 님 좋아하는 곡이네요.

라디오 음악방송에서 '올드 로망스'가 나오자, 채팅창의 몇 사람이 올린 반응이다. 러시아 음악이 나올 때마다 내가 '좋아요' 누른 걸 기억한 거다. '올드 로망스'는 푸시킨 원작소설 〈눈보라〉 영화에서 흐른 곡이다. 눈보라는 푸시킨 단편집 「밸킨 이야기」 중 두 번째 작품이다. 사랑과 운명에 대한 통찰이 담긴, 푸시킨 특유의 서정성이 담긴 소설로 전쟁 이후가 배경이 된 낭만적인 내용이다.

평평 눈 내리는 거리에서 애틋하게 서로의 얼굴을 쓰다듬는 남녀의 모습과 흐르는 곡이 가슴을 촉촉이 적신다. 애끓는 슬픔이 담긴 이 곡 〈올드 로망스〉는 쇼스타코비치의 제자인 게오르기 스비리도프가 영화를 위해 만든 오리지널 스코어다. 1964년 블라디미르 바소프 감독이 영화로 제작하면서 스비리도프에게 음악을 의뢰해 태어난 눈보라 9곡 중 네 번째 곡이다. 영화 내용에 너무도 잘 어울리는 이 곡은 한국인 정서에도 잘 맞는다.

러시아의 작은 마을에 사는 유복한 집 딸 마리아는 휴가 중 마을을 찾은 가난한 청년 블라디미르와 사랑하는 사이가 된다. 두 사람은 부모의 반대에도 변두리 교회에서 결혼식을 올리기로 하지만, 그날 눈보라에 갇힌 블라디미르는 그곳에 가지 못한다. 한 군인이 눈 속에 길을 잃고 헤매다 그 교회에 들어서는데 마리아는 그를 블라디미르로 착각하고 둘은 결혼식을 올리지만, 그의 얼굴을 확인한 마리아가 소리를 지르고 그는 뛰쳐나간다. 집에 온 마리아는 블라디미르의 이름을 부르며 시름시름 앓다가 다른 도시로 이사한다. 블라디미르는 전사하고, 전쟁이 끝난 몇 년 후 부상병 부르민 대위를 간호하던 마리아는 그와 연인이 된다. 부르민 대위는 전에 이름도 모르는 여자와 결혼했었다고 고백하는데, 그가 바로 눈보라에 길을 잃고 교회를 찾았던 그 군인이었다. 운명이란….

오래전 북유럽 여행길에 들른 문화 예술의 도시 상트 페테르부르그 아르바트 거리에서 푸시킨 동상을 물끄러미 바라본 기억이 난다. 그는 왜 38세의 젊은 나이로 일찍 세상을 떠났을까. 푸시킨은 '어떤 현상의 본질을 이해하려면 푸시킨을 찾아라'는 말이 있을 정도로 러시아에서 인정받은 문학인이다. 러시아 삶의 백과사전이라는 「예브게니 오네긴」을 쓸 정도로 문학을 문화로 만든 장본인이다. 러시아인들은 그를 성서 다음으로 중요시 여긴단다. '우리'의 모든 것이라 칭송하며 추앙한다. 그는 러시아의 돈 주앙으로 불릴 만큼 사귄 여자만 100여 명에 이르고 결투만 20번을 했다는데, 마지막 결투에서 자신의 총구를 하늘로 돌렸다는 설이 있다. 혹은 총에 총알이 없었다던가. 정치적으로 압박을 받던 상황과 여러 가지 문제들이 그를 자살로 이끌었을 거라 추정된다. 그의 죽음은 모차르트의 죽음처럼 의구심을 남겼다.

　'올드 로망스' 외에도 나는 러시아 음악을 좋아한다. 러시아 로망스는 18세기 말 경 사랑과 이별, 인간의 영혼과 자연을 주제로 쓴 시인들의 시에 곡을 붙인, 우리나라 가곡과 비슷한 대중음악이다. 귀족들의 전용음악으로 사랑받아오다 서서히 일반인들에게도 알려졌지만 부르주아 음악이라고 핍박을 받기도 했다. 혹독한 현실 속에서도 로망스의 생존을 위해 노력했던 예술가들에 의해 러시아 사람들의 삶의 애환과 기쁨을 담은 대표적인 노래로 오늘에 이르고 있다.

러시아 음악은 왜 슬픈 걸까. 대부분 단조인 그들의 음악은 그래서인지 특유의 애수가 느껴진다. 슬픈 곡조에 더 마음이 가는 이유는 나의 타고난 성정이기도 하지만, 웃는 날보다 그렇지 않은 날이 많았던 내 삶과 무관하지 않은 것 같기도 하다. 나의 음악듣기에도 변천사가 있어 한때는 포르투갈의 파두(Fado)에 빠졌었는데, 두 나라 음악이 만만치 않게 슬프다. 그것은 분명 나라의 운명과 관련이 있을 거라 생각했다. 나중에 알게 된 진실은 러시아가 오랜 기간 몽골의 압제를 받으며 우울한 동양적 정서가 그들의 몸에 배어서라 한다.

눌린 용수철 같은 감성을 지녔다는 러시아인들, 정신적으로는 우월하지만 물질적으로 열등한 그들의 삶의 방식은 동양이고 외모는 서양인이다. 정체성에 혼란을 가질 만하다. 러시아에 인상파 화가가 없는 이유는 자연을 그릴 여유가 없어서라는 어느 러시아 문학 교수의 말이 생각난다. 러시아를 대변하는 말이 있다. 400킬로미터 이상의 거리, 영하 40도의 날씨, 40도의 술….

문화는 경작하는 거라 한다. 작물을 심고 정성껏 가꾸는 농부처럼 관심을 가지고 발전시킨다는 뜻이리라. 면면한 역사와 강인한 생명력, 역경을 헤쳐 온 불굴의 힘을 가진 러시아, 선 굵은 문화와 풍부한 자원을 가진 그들이, 그 문화가 부럽다.

슬라브 민족의 감성은 슬픔이 아닌가 싶다. 앞으로도 나는 발랄라이카에 실린 그들의 우수를 사랑할 것 같다. 라디오에서 〈라라의 테마〉, 〈머나먼 길〉, 〈검은 눈동자〉, 〈나 홀로 길을 걷네〉, 〈백만 송이 장미〉 같은 곡이 나오면 '좋아요'를 꾹 누르며.

트로이카(삼두마차)를 타고 설원을 달리며 러시아의 서정을 좇는, 바쁘지 않은 여행을 다시 하게 될 날을 꿈꾸어 본다.

사우다드와 파두 Saudade Fado

오래전, 한 드라마가 인기리에 방영된 적이 있다. 사랑, 배신, 복수가 펼쳐지는, '청춘의 덫'이라는 그 드라마를 보기 위해 뭇 여인들이 TV 앞으로 다가앉곤 했다. 사랑에 상처를 입은 비련의 여주인공이 눈물을 흘리고 슬픔에 잠길 때마다 흐르는 노래가 있었다. 포르투갈 파두가수 아말리아 호드리게스의 〈Maldicao −어두운 숙명〉이다. 통속적인 드라마 내용도 재밌었지만 나의 목적은 슬프고 애절한 그 노래를 듣는 데 있었다. 노래만큼 기타 반주도 매혹적이었는데 그때는 파두기타(금속성의 12현 기타)가 따로 있다는 것도 모른 채 막연히 기타에서 어떻게 저런 낭만적인 소리가 날까 라고만 생각했었다.

그 노래가 나의 인생 곡처럼 생각됐던 건 왜일까. 이십 대 시절, 결혼은 하기 싫고 불확실한 미래에 대한 불안과 의지대로 풀리지 않는 현실을 비관하며 음악다방을 돌아다니던 때가 있었다. 마음속에 자아가 여럿 뛰어놀고 진정한 정체성을 찾지 못해 우울한 음악에 기대어 폼 잡던…. 타고난 단조감성도 한 몫했을 듯싶다.

포르투갈의 전통 가요인 파두는 슬프고 낭만적인 음악 장르다. 파두 고유의 투명하고 약간 청승맞은 분위기가 길고 긴 여운을 남긴다. 숙명이란 뜻의 파두는 신의 명령에 의해 정해진 운명은 변경할 수 없다는 의미로 고난, 좌절, 이별을 주제로 한 노래들이다. 단조인 이 노래들을 들으며 포르투갈 사람들은 오히려 용기와 희망을 얻는다고 한다. 우리나라의 남도 민요 같은 한의 노래라 할 수 있을까.

수많은 포르투갈 남자들이 신대륙이나 아프리카로 긴 항해를 떠났다. 세계로의 진출로였던 바다는 포르투갈 사람들에게 삶의 동반자이자 동경의 대상이었다. 바다를 향한 갈망은 떠난 사람들에겐 향수를, 남은 사람들에겐 그리움을 낳았다. 그 뒤에는 긴 기다림으로 고통을 감내해야만 하던 여인들의 아픔이 있었다. 아말리아 호드리게스가 부른 파두의 대표적인 노래 〈검은 돛배〉는 바다로 고기잡이 나간 남정네들을 기다리다 지친 아내들의 넋두리 같은 노래다. 바닷가 선술집에서 한 잔의 술로 하루의 피로를 푸는 소박한 서민들의 모습이 그려진다.

각 나라를 대표하는 음악들이 고유의 정서를 가지듯 파두도 포르투갈 역사와 관련이 깊다. 어두운 내면의 표현, 경건한 분위기, 꺾는 창법이 아랍의 영향이라 하는 설이 있지만, 15세기 대항해 시대 이후 해외에서 들어온 음악과 리스본의 전통음악, 사람들의 정서가 뒤섞이며 시작된 음악이라는 설이 지배적이다. 바다와 밀접한 관계를 가지고 운명론 적인 인생관을 지닌 파두의 근간에는 '사우다드'라 하는 포르투갈 사람들 특유의 정서가 자리 잡고 있다. 사우다드는 흔히 그리움, 슬픔, 향수, 갈망으로 풀이되는데 뭐라 한정지을 수 없는 복잡한 정서다. 그 감정을 마치 토해내듯 부르는 노래가 파두다. 파두는 대학가 젊은이들이 머리로 부르는 코임브라 파두가 있지만 선술집에서 탄생해 가슴으로 부르는 리스본 파두가 대부분이다. 내가 듣는 파두다. 리스본의 하층민들이 지녔던 바다를 향한 그리움과 가난, 고통에 대한 숙명론적 사고방식이 뒤엉켜 표현돼 있다. 거부할 수 없는 운명과도 같은 바다, 실패한 인생, 그리움과 고독, 통속적인 소재의 노래들이 대부분이다.

파두의 어머니라 불리는 마리아 세베라(1820~1846)는 파두

역사의 신화적 인물이다. 모우라리아 홍등가에서 노래를 부른 그녀였지만 진한 정서가 담긴 노래를 부르고 파두의 대중화에 크게 기여한 여인이다. 그녀가 만난 시인, 작가, 귀족 등 동시대 엘리트 계층의 이야기들이 존재하는 모우라리아는 리스본에 남은 무어인들이 모여 살던 지역으로 가장 가난하고 오래된 동네라 한다. 귀족과의 이루어지지 못한 사랑으로 26세의 짧은 생을 마친 불행한 여인 마리아 세베라….

아말리아 호드리게스는 마리아 세베라와 함께 파두의 심장이라 불린다. 리스본에는 아말리아 파두카페가 있고 그녀가 입던 자줏빛 드레스가 걸려 있다 하는데, 나는 (다른 곳만 다니느라) 정작 포르투갈엔 아직 가지 못했다. 맛있는 간식을 천천히 먹으려고 숨겨놓은 아이처럼 그곳을 아껴뒀다 할까. 검은 드레스를 입고 우수에 젖은 눈빛으로 바다를 바라보며 노래하는 아말리아 호드리게스는 예술 그 자체이고 나의 우상이다. 한때 그녀가 좋아 검은 옷을 즐겨 입던 때가 있었다. 그래선지 그녀와 어두운 분위기가 닮았다는 얘기도 들었다.

'우리의 삶은 죽음이라는 저 바다로 흘러드는 강과 같다'고 한 호르헤 만리케의 말을 음미하며 리스본행 야간열차를 타고 싶은 밤이다. 내 마음속에 늘 검은 돛배 하나가 떠있는 걸 아말리아가 알까. 빗방울 후드득 듣는 이 밤 그녀가 그립다.

슬픈 카니발
〈흑인 오르페〉

'에우리디체 없이 어떻게 사나….'

글룩의 오페라 〈오르페오와 에우리디체〉에서 메조 소프라노 제니퍼 라모어가 부드러운 음성으로, 사랑하는 아내를 잃고 슬퍼하는 오르페우스의 심경을 담담하게 노래한다.

아폴론과 칼리오페 사이에서 태어난 오르페우스는 물의 요정 에우리디케를 만나 사랑에 빠진다. 그가 리라를 켜며 노래하면 만물이 온순해졌다. 어느 날 에우리디케가 독사에 물려 죽자 오르페우스는 하계로 내려가 아내를 살려달라고 간청한다. 저승 왕 하데스는 그의 연주에 감동하여 아내를 데려가되 이승에 닿을 때까지 뒤를 돌아보지 말라고 당부한다. 자신을 돌아보지 않는 남편을 사랑이 식은 걸로 오해한 아내를 보고 오르페우스가 급히 뒤를 돌아보자 에우리디케는 다시 지하세계로 떨어진다. 상심하여 돌아온 오르페우스는 그에게 구애하는 다른 여인들에게 눈길을 돌리지 않고 리라만 연주하다 질투심에 눈이 먼 여인들에게 돌을 맞고 몸이 찢겨 죽는다.

1959년 브라질에서 제작된 프랑스 영화감독 마르셀 카뮈(1912~1982)의 영화 〈흑인 오르페〉는 바로 그 신화를 소재로 만든 영화다. 브라질의 시인이자 극작가인 비니시우스 지 모라에스가 극본을 쓴 연극 〈Orfeu da Concelcao〉을 영화화한 작품이다. 시골처녀 유리디스는 죽음을 연상케 하는 탈을 쓴 남자의 위협을 피해 사촌이 사는 리오로 온다. 어느 날 동네의 인기남 오르페를 만나고 둘은 사랑에 빠진다. 축제 전야, 온 동네가 떠들썩할 때 그곳까지 따라온 수수께끼의 남자에게 유리디스가 죽임을 당하려는 순간 오르페가 나타나 그녀를 구한다. 사촌은 유리디스에게 자신의 옷을 입혀 축제행렬에 내보내지만 그녀는 또 다시 의문의 남자에게 쫓기다가 고압선에 감전돼 죽는다. 절망한 오르페는 주술사를 찾아가 그녀의 영혼과 대화하는데, 유리디스는 그에게 절대 뒤를 보면 안 된다고 말한다. 그러나 오르페가 뒤를 보게 되고 그녀의 영혼은 사라진다. 오르페는 죽은 유리디스를 안고 어디론가

가는 길에 약혼녀의 돌에 맞아 죽는다.

　신화와 영화에서 사랑을 잃은 남자들의 슬픔이 전해진다. 신화는 간절한 사랑, 이별의 슬픔, 금기의 요소들이 대부분이다. 금기를 깼을 때의 비극적 결말은 익숙한 스토리다. 하지만 뒤를 돌아보지 않고 무사히 돌아와 해피엔딩으로 끝났다면 신화로도 전설로도 남지 않았을 것이다. 신은 '하지 말라'는 금기를 만들고 그것을 지키지 못하고 고통을 겪는 나약하고 불완전한 인간을 조롱하는 듯하다.

　〈흑인 오르페〉는 칸 영화제에서 황금종려상을, 아카데미에서는 최우수 외국영화상을 수상했다. 처음 영화를 볼 때 갈색 피부의 낯선 배우들도 그렇고, 신화를 리우데자네이루 무대로 옮겨놓은 듯한 원시적 이질감에 집중하지 못했었다. 동시대의 외국영화와는 확연히 다른 분위기였기에. 그러나 그 테마음악 〈카니발의 아침Manha de carnaval〉은 이 영화의 OST가 맞을까 싶게 세련된 곡이다. 영화를 못 본 사람은 있어도 그 곡을 모르는 사람은 없을 것이다. 여러 버전으로 널리 알려진 명곡이기 때문이다.

　　아침, 내게 다가온 행복한 하루의 너무나 아름다운 아침/태양과 하늘은 높이 솟아올라 온갖 색채로 빛나네/꿈이 내 마음으

로 돌아왔네/ 이 행복한 하루가 끝나면 어떤 날이 올지 몰라/카
니발의 아침/기쁨이 되돌아와 내 마음은 노래하네/너무나 행복
한 이 사랑의 아침

OST 〈카니발의 아침〉은 루이스 본파가 작곡하고 루이스
마리아가 작사한 곡으로, 보사노바(브라질 대중음악의 형식)의 신
으로 추앙받는 안토니오 카를로스 조빔과 주앙 지우베르투가
참여했다. 노래는 엘리제치 카르도주Elizeth cardoso(1920~1990)
가 분위기 있게 불렀다. 그녀는 보사노바를 말할 때 빠질 수
없는 인물로 목소리가 우아하고 관능적이다. 기타와 허밍으로
시작하는 노래는 나른하면서도 어딘지 슬픔이 느껴진다. 그러
나 가사는 축제의 아침을 맞는 기대감과 기쁨으로 가득하다.
보사노바는 가벼이 어깨춤을 추게 하는 리듬과 힘을 빼고 읊
조리듯 부르는 노래가 구름 위를 떠가듯 마음을 가볍게 하는
장르다. 척 맨지오니의 Feel so Good을 들을 때처럼 기분이
좋아진다. 하지만 〈카니발의 아침〉은 일반 보사노바와는 조금
느낌이 다르다. 편곡에 따라 다르겠지만 그것은 아마도 영화
줄거리 때문이 아닐까 생각한다.

보사노바는 1960년대에 안토니오 카를로스 조빔(1927~1994)
과 주앙 지우베르투(1931~2019)가 발전시켰다. 브라질 음악을

세계에 알린 1세대 음악인들이다. 보사노바 Bossa Nova는 새로운 물결이란 뜻으로 삼바에 재즈가 가미된, 우아함과 시적인 노랫말을 겸비한 세련된 음악장르다. 비니시우스 지 모라에스는 조빔과 콤비를 이루어 수많은 보사노바 명곡을 탄생시켰다. 대중매체에서 자주 들리는 〈이파네마의 소녀〉도 조빔의 작품이다.

주앙 지우베르투가 1962년 카네기홀에서 콘서트를 연 후 미국 재즈 뮤지션들이 관심을 가지기 시작했고 이후 그는 미국 색소포니스트 스탄 겟츠와 협연하고 앨범도 만들었다. 둘의 '콜라보' 앨범은 음악팬들을 열광시켰다. 그러나 브라질 역시 60년대 중반 군부독재가 시작된 후 보사노바도 쇠퇴하기 시작했다. 서정적이고 향락적인 음악이 독재체재에 저항하기엔 맞지 않았기 때문이었다고 한다.

남미여행을 꿈꿀 때 빠지지 않고 가고 싶었던 나라가 브라질이다. 보사노바를 들으면 먼 이국의 라운지에서 듣는 것 같은 낭만과 설렘을 느낀다. 여행지였던 몰타 어느 호텔 로비의 보랏빛 의자들이 떠오른다. 나의 '최애곡' 중 하나인 조빔의 대표곡 〈브라질〉은 브라질 그 자체인 곡이다. 축제, 삼바, 밝은 미소의 여인들이 떠오르는 경쾌하면서 관능적이고 세련된 곡이다. 나는 그 곡을 전화기에 장착했다. 내게 전화를 거는 누군가와 브라질 여행을 함께하기 위해.

* 에우리디체는 이탈리아 식 발음이다.

아르헨티나의 두 여인
- 알폰시나와 소사Sosa -

생에 감사해 내게 많은 것을 주었거든
웃음도 주고 눈물도 주었지
그래서 나는 행복과 슬픔을 구분한다네….

　메르세데스 소사(1935~2009)가 〈Gracias a La Vida − 삶에
감사해〉를 부른다. 그녀답지 않게 흑단 같은 머리를 가지런하
게 하고, 적과 흑이 섞인 여성스런 드레스도 입고 담담하게….
그러나 그 담담한 목소리 뒤엔 평탄지 않았던 그녀의 인생이
담겨 있음을 아는 사람은 안다. 애절함 없이 담백하게 부르는
목소리에서 전해지는 슬픔은 이미 경지에 이른 느낌이다. 이
곡은 삶이 지난하게 느껴질 때마다 내가 찾아듣던 곡이다. 마

치 주문을 외우듯 고개를 주억거리며.

달랑 기타 하나의 반주인데 그녀의 목소리 자체로 빅밴드처럼 울림이 크다. 고음으로 갈 때는 특유의 결기가 느껴지고 후렴에 반복되는 '삶에 감사해' 가사는 스스로에게 강조하듯 무심하면서도 간절하게 이어진다. 묵직하면서 부드럽고, 깊게 울리는 목소리는 마치 후덕한 이모의 다독임처럼 듣는 이에게 푸근하고 따뜻한 위로를 준다. 그녀의 노래에는 파란만장한 삶을 산 사람만의 고통과 슬픔, 뜨거움이 아름다움으로 승화해 담겨 있다.

소사의 본명은 Haydee Mercedes Sosa다. 나나 무스쿠리처럼 다양한 노래를 재해석하는 능력이 뛰어난 가수였다. 그녀는 아르헨티나 투쿠만 주 산 미겔 출신이다. 결혼 후 남편의 도움으로 음악 페스티벌에서 데뷔해 이름을 알린 후, 인디오의 민속음악을 세계에 알리고 라틴아메리카의 민중음악 혁명인 누에바 칸시온 (새로운 노래)을 이끌기도 했다.

1976년 이사벨 페론이 실각하고 군부 쿠데타가 일어나자 그녀는 활동에 제약을 받다가 첫 앨범 발표 후 공연 도중 체포된다. 이후 프랑스로 망명, 십년 쯤 후에야 돌아온다. 얼마 후 군부정권은 무너지고 그녀는 오페라 극장에서 컴백콘서트를 연다. 홀을 가득 메운 극장에서 억눌려 살아온 군중들과 함께 눈물을 흘리며 〈삶에 감사해〉를 부를 때 그녀의 마음이 어땠을지 짐작이 가고도 남는다. 정의와 인권을 위해 노래한 그녀를 아르헨티나 국민들이 '어머니'로 여기는 건 당연하다. 고난 받는 이들을 노래로 달래준 상징적 어머니는, 미국의 존 바에즈, 밥 딜런과 '체 게바라'를 부른 솔레다드 브라보 같은 정상급 뮤지션들과 반전평화콘서트도 열었다.

영혼의 목소리라는 찬사를 듣는 소사가 〈Alfonsina y el Mar 알폰시나와 바다〉를 부른 건 당연한 일일까. 남미 노래에 잘 쓰이지 않는 피아노 반주가 청량하면서 애잔하게 이어진다. 소사는 특유의 담담한 목소리로 알폰시나를 애도한다. 노래가 중간으로 가며 따뜻한 기타가 슬픈 피아노를 받친다.

〈알폰시나와 바다〉는 도입부부터 처연하다. 우울할 때 들으면 눈물 한 방울 찔끔 흐른다. 알폰시나의 미완성 시에 펠릭스 루나가 가사를 덧붙이고 아리엘 라미레스가 곡을 붙였다. 그녀의 죽음을 애도한 이 곡은 많은 가수와 연주자들이 커버했고 아름다운 진혼곡이 됐다. 작곡자는 소사를 생각하며 곡을 만들었다는데 음악적으로나 인간적으로 그녀에 대한 절대적인 믿음 때문이 아니었을지.

알폰시나 스토리니(1892~1938)는 남미문학을 대표하는 아르헨티나의 시인이다. 시골학교 교사에서 문학인으로 치열하게 살며 사회의 부조리에 맞서던 그녀는, 젊은 미혼모로서의 불행한 삶과 남성 위주이던 당시 사회적 분위기로 인생이 고달팠다. 편견에 맞서 당당하게 여성의 인권을 위해 문학으로 싸운 용감한 투사였지만, 오랜 투병생활과 주변의 질시 어린 시선에 지쳐 마흔다섯에 바다로 들어가 삶을 마감했다.

칠레의 민속음악 가수 비올레타 파라도 생의 찬가, '삶에 감사해'를 부른 후 그 삶의 무게를 견디지 못하고 자살했는데 아이러니가 아닐 수 없다. 그녀에게는 생에 대한 회한이고 유서 같은 노래가 됐다. 남들보다 몇 배 치열한 삶을 살다가 스스로 목숨을 끊은 사람들의 죽음은 그만큼 허탈하고 안쓰럽기도 하다. 얼마나 힘들었으면….

이제 두 여인(알폰시나와 소사)은 어딘가에서 만났을까. 바다를 사랑한 알폰시나는 마침내 그 바다 속으로 걸어 들어가 돌아오지 않았다. 그녀가 죽기 전 한 잡지사에 보낸 시, 자신의 죽음을 암시한 듯싶은 그녀의 마지막 시 '잠을 자려네'를 살펴본다.

알폰시나여 고독을 안고 가는구려. 어떤 새로운 시를 찾으러 갔나요. 소금기 어린 해묵은 해풍이 그대 영혼을 어루만지며 데려가는구려. 그리고 그대는 꿈에 취한 듯 바다의 옷을 입고 그리로 가네. 다섯 인어가 해초와 산호초 길로 인도하리니 반짝거리는 해마들이 옆에서 원무를 그리며 어느새 바다의 주민들이 옆에서 노니리니. 유모, 불을 좀 낮춰주고 편안히 잠들게 해 주오. 그가 전화해도 없다고 해 주오. 알폰시나는 돌아오지 않는다고 해 주오. 내가 가버렸다고 해 주오.

슬픔과 아름다움은 불멸의 관계라 한다. 슬퍼서 아름다운, 혹은 아름다워서 슬픈 음악은 도처에 널려 있지만, 이 곡이 그렇게 느껴지는 건 그녀의 치열한 삶과 안타까운 죽음이 담겨서일 거다. 내 방 책장 옆 벽에 붙인 대형 세계지도에서 지구 끝의 나라 아르헨티나를 더듬으며 나는 슬프고 아름다운 생을 산 그녀들을 생각한다. 〈알폰시나와 바다〉는 이 가을을 적시기에 충분한 단조 중에서도 단조곡이다.

'인생이 허기질 때는 바다로 가라.'

바다는 모든 것을 받아줘서 바다라고 한다. 그 바다의 너른 품에 지친 영혼을 맡긴 알폰시나…. 삶에 허기가 몰려 올 때 나도 바다를 그리워한다.

애수의 플라멩코

누군가는 삶이 허기질 때 바다에 가라 하지만, 나는 마음에 공복이 오면 공연장에 가곤 한다. 빵만으로 살 수 없는 인간의 삶, 살아 숨 쉬는 공연이 빈 가슴을 채우고 인간으로서 살아 있음을 확인시켜준다. 여러 공연 중 취향을 저격하는 공연을 찾아내 예매하고 가슴 설레며 기다리는데,

백암아트홀에서 누에보(새로운) 플라멩코 공연 '엘 비아헤'가 있었다. 플라멩코와 함께 여행을 하고 있다는 그룹, '누에보 플라멩코 컴퍼니'다. 무리 지어 춤추는 플라멩코와 달리 기타와 보컬, 무용수 한 명이 나와 공연이 시작됐다. 예상은 했지만 나는 그렇게 멋있는 춤과 사람을 처음 보았다. 플라멩코 하면 빨간 집시치마에 캐스터네츠만 생각했던 나의 무지함을

깨닫는 순간이었다. 머리를 단정히 쪽지고 자주색 정장을 입은, 이지적인 미모와 세련된 표정의 댄서에게 마음을 빼앗겼다. 짧은 상의와 일자바지만으로도 멋이 풍겨 나왔다. 벅차오르는 가슴에 연신 환호성을 내질렀다. 장미꽃을 사 오지 못한 걸 후회할 정도로.

누에보 플라멩코는 전통적인 요소를 바탕으로 재즈, 록, 살사, 블루스 같은 다양한 장르와 접목하여 플라멩코를 현대적인 예술로 만들어 오늘에 이르렀다. 탱고가 우아하면서 애틋하다면 혼자서 추는 플라멩코는 더 열정적이고 처절한 내면의 소리를 듣는 듯하다. '영혼의 외침'이라는 보컬과 애조 띤 기타선율에서 러시아 로망스 같은 애수가 흐른다. 완벽한 단조의 음과 낮은 구두에 마이크를 단 듯 바닥을 구르는 리드미컬한 소리가 심장을 두드렸다.

플라멩코는 기타와 노래, 팔마스(박수치기) 없이 춤만으로는 생명력을 가질 수 없었다. '사파테아도'라 불리는 발동작은 플라멩코의 백미다. 격렬함과 우아함, 빠른 동작과 정지된 포즈가 교차하면서 매혹을 준다. 구두의 앞창을 치는 발동작과 앞코를 치는 동작, 뒷굽을 치는 동작 등 세부적으로 나뉜다. 손과 팔의 움직임 역시 플라멩코에서 놓칠 수 없는 감상 포인트다. 노래엔 이슬람 문화가 짙게 배어 있다. 득음의 경지에 이른 듯 거친 목소리로 영혼을 뒤흔드는 노래는 플라멩코의 정수가 담겼다. 기타의 울림은 플라멩코의 완성도를 높여 주었고 재질과 구조도 일반 기타와 다르게 제작되었다 한다. 플라멩코가 기타와 만난 것은 19세기다. 세비야에 있던 카페 칸탄테가 생기면서 뮤지션들의 활동무대가 됐고 플라멩코의 대중화가 되는 계기가 되었다. 스페인의 보석으로 불렸던, 내가 애정하는 플라멩코 기타리스트 파코 데 루치아는 플라멩코를 재즈나 록음악과 결합한 연주로 세계적인 명성을 얻었다.

스페인은 개성이 뚜렷한 여러 지역이 있는 매력적인 나라다. 브라질을 제외한 중남미 국가 대부분을 지배한 나라인 스페인 춤에서 한이 느껴지는 건 왜일까. 플라멩코의 주인공들은 그 옛날 인도에서 출발해 이베리아 반도 안달루시아까지 먼 길을 갔던 집시들과 무어인, 유대계 스페인 사람들에 의해 시작되었다. 그들이 지닌 음악적인 재능은 일부 지역에 지대한 영향을 미쳤지만 집시라는 신분은 어디에서도 환영받지 못했다. 이후 역사적인 배경으로 개종과 추방이라는 환란을 겪고 은신해서 살 수밖에 없었던 것. 그런 한의 정서가 짙은 농도의 춤사위로 표현된 것이 플라멩코다. 이후 기독교 왕국으로 통일된 스페인의 어두운 곳으로 숨어들어 박해 받았고, 심오

하고 비장한 정서가 담긴 한의 음악이 되었다. 포르투갈 파두가 지니는 '사우다드' 정서처럼 스페인 집시들의 한과 무어인들의 숙명, 안달루시아 사람들의 열정이 고스란히 녹아 있는 플라멩코…. 영혼의 밑바닥으로부터 감정을 끌어올려 절정에 도달하는 순간 춤이 완성된다.

공연 후 대기실에서 아티스트를 기다린 것도 처음이고, 그녀에게 다가가 악수를 청한 것도 큰 용기였다. 가까이에서 본 무용수는 이십 대의 앳된 여인이었다. 무대에서의 카리스마는 사라지고 약간 수줍어하며 팬들을 응대했다. 어린 나이에 자신만의 세계를 구축한 그녀에게서 진정한 프로로서의 빛이 났다.

우는 여자 〈라 요로나 La Llorona〉

세상의 모든 음악을 들려주는 라디오 방송에서 자주 듣기 힘든 귀한 노래가 나온다. 멕시코 란체라 가수 차벨라 바르가스의 '우는 여자 La Llorona'다. 그녀가 나이 들어 컴백한 후의 녹음버전인지 거칠고 탁한 목소리가 짙은 슬픔을 토해낸다. '우는 여자'는 슬픈 전설이 담긴 노래이고, 영화 〈프리다〉에서 강렬한 감동을 받은 노래여서 집중하게 된다. 그녀의 한 풀이 같은 노래는 라디오에서 나오는 게 아닌 곁에서 직접 듣는 것 같은 착각이 든다. '우는 여자'의 전설은 정복자 코르테스와 인디오 여성 이야기로, 가부장적인 남성 중심 사회에서 오직 아이들을 위해 사는 멕시코 여성들의 슬픔을 대변하는 이야기다.

가난한 마을에 사는 인디오 아가씨 마리아는 세상에서 가장 멋진 남자와 결혼하겠다는 꿈을 가지고 산다. 어느 날 대농장주의 아들이 마을로 온다. 잘 생긴 용모에 귀티가 흐르는 건장한 청년은 기타도 잘 치고 노래도 아름답게 부른다. 마리아는 그를 본 순간 자신이 생각하던 남자라 믿고 그의 주의를 끈다. 두 사람은 인연을 맺게 되고 결혼해서 두 아들을 낳고 행복하게 산다. 세월이 흐른 후 남편은 아이들에게만 관심을 기울이고 마리아에겐 눈길조차 주지 않는다. 분노가 차오른 마리아는 강둑에서 남편 옆에 우아한 숙녀가 있는 걸 보고 이성을 잃는다. 남편이 떠난 후 그녀는 강가에서 놀던 아이들을 강물에 던진다. 그러곤 곧 후회의 절규를 쏟아낸다. 오 내 아이들아…. 뒤늦게 토해내는 울부짖음은 강물에 떠내려가고 다음날 그녀는 시신으로 발견된다. 이후 마을사람들은 이상한 바람소리를 듣게 되는데 우는 여자의 울부짖음이었다.

불의의 교통사고로 평생을 불구로 산 멕시코 화가 프리다 칼로의 생애를 다룬 영화 〈프리다〉에서, 그녀가 남편 디에고 리베라 때문에 술집에서 눈물 흘릴 때, 백발의 차벨라 바르가스가 그녀를 달래는 듯하며 부른 노래가 '라 요로나'다. 슬프고 비극적인 그 전설의 노래가 프리다의 극한의 절망을 대변해준다. 자신의 육체적 정신적 고통을 독특한 작품으로 승화시킨 그녀는 화단은 물론 전 세계가 주목하는 화가로 존경받았지만, 예술적 동료이자 인생의 반려자였던 남편 디에고 리베라의 끝없는 외도에 좌절하면서도 그를 끝내 마음에서 놓지 못한다.

영화 〈프리다〉는 미국의 줄리 테이머(1952~) 감독이 프리다 칼로의 영화 같은 불행한 삶을 작품으로 만들었다. 요즘 음악방송에서도 자주 등장하는 브라질 가수 카에타누 벨로주와 멕시코 가수 릴라 다운스, 드라마틱한 창법으로 세인들을 매료시킨 차벨라 바르가스가 강렬한 영상을 만드는 데 일조했다. 릴라 다운스는 영화에서 프리다 칼로가 이탈리아 출신 망명 여류작가와 관능적인 탱고를 출 때, 화면 한쪽에서 '푸른 침실 Alcoba Azul'이라는 노래를 열창한 가수다. 오늘날 멕시코에서 '우는 여자'의 전설은 고통과 슬픔의 상징으로 인용된다. 프리다 칼로가 아버지에게 행복한 결혼의 조건에 대해 물었을 때 그는 '짧은 기억력이다'고 대답했다고 한다. 끊임없는 인내를 필요로 하는 결혼을 참으로 현명하게 말해주는 대목이다.

멕시코를 대표하는 대중음악은 볼레로와 란체라다. 쿠바 볼레로가 리듬적인 요소가 강하다면 멕시코 볼레로는 멜로디에 강한 선율적이고 낭만적인 매력이 그득하다. 볼레로는 멕시코 사람들의 사랑에 대한 열정이 낭만적으로 표현된 음악이다. 대부분의 스페인어권 나라에서 사랑받는 장르이다. 유럽의 춤 곡이었던 볼레로는 스페인 사람들에 의해 쿠바로 전해졌고 이후 멕시코로 전해져 오늘에 이르렀다.

차벨라 바르가스(1919~2012)는 란체라 음악을 대표하는 멕시코 가수다. 란체라는 향수와 염세적인 감성의 음악이다. 볼레로와는 다른 감성으로 사랑의 아픔과 향수를 담고 있다. 그녀는 고달픈 인생과 고독, 사랑의 배신 등을 노래하며 멕시코 대중음악의 근간을 이루었다. 란체라는 포르투갈의 파두처럼 감정의 밑바닥까지 쏟아내는 음악이고 때로 실제 가수의 흐느낌이 담기기도 한다. 쿠바의 부에나 비스타 소셜 클럽의 유일한 생존자인 오마라 포르투온도와는 비슷하면서도 다른 분위기다.

차벨라 바르가스는 고난의 시절, 프리다 칼로와 디에고 리베라를 위해 직접 노래를 불러준 적이 있다고 한다. 술로 건강을 해쳐 1979년 은퇴했다가, 90년대에 다시 활동을 시작해 2003년에는 미국 카네기홀에서 성황리에 공연을 성공하기도 했으나 몇 년 후 생을 마감한다. 굵고 거친 음색으로 흐느끼

듯 부르는 창법은 짙은 호소력으로 심금을 울리고도 남는다. 순탄치 않은 삶의 여정이 노래에 나타난다. 그녀는 프리다 칼로와 실제로 사귄 연인이기도 했는데 프리다가 죽은 후 알콜 중독으로 폐인이 되다시피 했다. 그녀는 죽기 전 자신이 남자와 자 본 적 없는 레즈비언이었음을 밝혔다 한다.

나이가 절정에 다다른 가수들의 노래는 그 인생이 담겨서인지 들으면 먹먹함으로 숙연해질 때가 있다. 살아온 세월만큼 미성이 탁성으로 변하고 모든 걸 토해내는 절절한 창법에 절로 고개가 숙여진다.

일요일엔 참으세요
⟨Never on Sunday⟩

비행기가 아테네에서 산토리니로 날아갈 때 가슴이 뛰었다.

드디어 나나 무스쿠리, 아니, 조르바, 그리고 영화 ⟨페드라⟩의 여주인공 멜리나 메르쿠리의 나라에 왔다는 기쁨 때문이었다. 그 설렘은 몇 년 전 시칠리아로 떠날 때 영화 ⟨대부⟩와 말론 브란도를 생각하며 즐겁던 느낌과 비슷했다. 호텔에 여장을 풀고 저녁을 먹으러 간 식당에서 검은 구레나룻의 남자가 수 둘이 기타를 치며 노래를 부른다. 잠시 후 영화 Never on Sunday 주제곡이 들렸다. 귀에 익은 선율을 그 곡의 고향에서 듣다니, 내가 이 노래를 들으러 여기까지 왔지 싶을 만큼 기뻤다.

어둑해진 거리로 나오자 길거리의 버스커들도 같은 노래를 부른다. 가슴이 벅차오른 건 와인 몇 잔 때문만은 아니었다. 그들 옆에 자리를 잡고 막 바다로 빠지려는 석양을 바라보는데, 경쾌하고 중독성 있는 그 음률에 맞춰 실크가운 차림으로 온 방을 돌며 춤을 추던 그녀, 영화 속 일리야(멜리나 메르쿠리 1925~1994)가 아른거린다.

일리야는 미 군함이 정박하는 그리스 피레우스 항 근처에서 미군을 상대로 매춘을 하며 사는 여자다. 하지만 그녀를 멸시하는 남자는 없다. 그녀는 돈보다 사람을 선택해 일을 하는, 자존감으로 꽉 찬 여자이기 때문이다. 어쩌면 그런 삶을 즐기는 듯 보이는 그녀에게서 우울함이나 비루함은 찾아볼 수 없고 자유마저 느껴진다. 일요일엔 아크로폴리스에서 고전연극─그리스 비극을 관람하려고 '영업'을 쉬는 일리야. 지적인 호기심이 왕성하고 누구에게도 소유되지 않는 그녀를 남자들은 여신처럼 떠받든다. 마냥 즐거운 그들은 부주키 음률에 맞춰 춤을 추고 우조를 마시며 끊임없이 술잔을 깬다.(그리스 술문화)

미국의 역사학도 호머(줄스 다신 감독)는 물질 만능주의에 회의를 느끼고 그리스 문명의 몰락 이유를 알아보려고 피레우스 항에 도착한다. 일리야를 알게 된 호머는 그녀와 그리스를 동일시하며 아름답고 지적인 여자가 매춘부로 사는 것을 가슴 아파한다. 일리야는 생일에 자신을 숭배하는 남자들을 모아놓고 그리스 비극을 해피엔딩으로 각색하여 들려주는데 호머는 진실을 알려주려 안간힘 쓴다. 호머는 그녀를 교화시키려고 2주 동안 함께 지내기로 계약한다. 그것은 그녀를 원하는 또 다른 남자, (항구의 여자들에게 고리로 방을 빌려주는) '얼굴 없는 남자'와의 밀약이었다. 강렬히 원하면 이루어진다는 피그말리온 효과를 믿는 호머는 그녀의 '화장'을 지우고 순수한 아름다움을 찾아주기 위해 노력한다. 그것은 미국 퇴폐문명이 스머든 그곳에서 그리스의 자존감을 찾아주기 위한 것일지도 모른다고 누군가는 말했다.

재즈가 울리던 그녀의 방에 철학서적들과 커다란 피아노가 들어오고 바흐의 무반주 첼로곡이 흐른다. 벽에 붙어 있던 남자들 사진 대신 피카소 그림이 걸리고, 그녀는 서서히 변해간다. 항구에서 길게 뱃고동 소리가 울린다. 침대에서 막 일어난 일리야는 담배를 피워 물고 창밖을 내다보며 기지개를 켠다. 커다란 미 군함이 도착한 걸 보고 그녀는 미소 짓지만, 방문에는 Close가 적힌 팻말이 걸려 있다. 그때 그녀가 춤추며 짙은 허스키 보이스로 독백하듯 부르는 노래 장면은 그녀의 매력을 한껏 보여준 명장면이다. 그러나 그 모든 것이 매춘을 조종하여 돈을 번 부동산 업자의 계략임을 안 그녀는 호머와 바흐, 철학을 팽개치고 다시 부두로 나가버린다. 그리고 그녀를 원하는 또 다른 남자, 부두에서 일하는 이탈리아 노동자에게 안긴다. 호머도 모든 걸 체념한 채 그들과 어울리며 술잔을 깨고 또 깬다.

1960년 그리스에서 만들어진 영화 〈Never on Sunday〉는 미국 감독 줄스 다신이 만들었다. 감독은 그리스 신화 '피그말리온의 전설'을 읽고 시나리오를 쓴 뒤, 그리스로 날아가 멜리나 메르쿠리를 만나 이 영화를 만들었다. 영화가 만들어질 무렵 그리스는 미국으로부터 원조를 받고 있었다. 일리야는 문화적 자존심을 지키고 싶은 당시 그리스의 현실을 상징한다. 조금은 코믹한 영화 속에 호머의 말을 빌어 언뜻언뜻 진실이 비친다. 이 영화의 감독이 미국 출신이라는 게 아이러니하지만, 그가 할리우드에서 블랙리스트에 올라 미국을 떠날 수밖에 없었다는 걸 생각하면 이해가 되기도 한다. 일리야 역을 맡은 멜리나 메르쿠리는 그리스 유적 반환을 위해 노력한 공으로 문화부장관까지 지낸 국민배우다. 그녀는 감독인 줄스다신과 결혼하여 신념 있는 배우로 활동했다.

Never on Sunday OST는 그리스의 유명 작곡가 마노스 하지다키스 작품으로 아카데미 주제가상을 받았다. 많은 가수들이 불렀고 나는 오래전 카니 프란시스 노래로 처음 들었다. 영어 가사는 '월요일에 키스해주세요. 화요일에도, 수요일도 좋지만 일요일에는 참아주세요. 내가 쉬는 날이니까요…'다. 그러나 원 가사는 피레우스 항을 찬양하고 자신의 삶을 즐기는 그녀의 마음이 담겼다.

마노스 하지다키스는 미키스 테오도라키스와 그리스 현대음악을 대표하는 인물이다. 어두운 색조와 회색빛 서정을 지닌 음악세계를 가진 작곡가로 유명하다. 내성적이고 지적인 이미지이지만 많은 아티스트들이 그의 음악을 따르고 싶어 할 만큼 뛰어난 음악성을 가졌다. 나나 무스쿠리는 그리스 특유의 서정을 담아 그의 음악을 노래로 표현했다. 포르투갈의 파두나 아르헨티나의 탱고처럼, 항구도시와 하층 문화에서 시작되어 그리스 음악 이야기 속의 중요한 부분을 차지하는 램베티카로 자리 잡았다.

이탈리아 시칠리아 섬 곳곳에서 영화 〈대부〉 주제곡이 흘렀듯이, 그리스 산토리니 섬, 크레타 섬, 로도스 섬 거리 곳곳에서 작은 아코디언을 든 아이들이 Never on Sunday를 연주하며 관광객에게 동전을 구걸하고 있었다. 걸출한 가수들이 많고 유명한 노래도 많은데 그리스 거리에 유독 그 노래만 울려 퍼지는 건 어떤 의미일까. 영화가 성공한 이유도 있겠지만, 일리야로 대변되는 그리스라는 나라의 실체를 보는 것도 같았다. 영화 내내 흐르는 부주키 음률, 그릭 댄스가 또다시 그리스로 날아가고 싶게 한다.

일몰을 보기 위해 산토리니 이아마을 전망대에 사람들이 몰려 있다. 카메라를 든 사람들, 와인 잔을 든 사람들, 서로를 안고 있는 사람들…, 석양은 그들의 마음을 물들이며 더디게 지고 있었다. 그리스는 경제 빈국일지는 모르지만, 내 눈엔 황금빛 햇살과 코발트빛 바다, 행복하고 넉넉한 미소를 가진 사람들이 있는 천혜의 부藏국으로 보였다.

달빛 세레나데
〈글렌 밀러 스토리〉

달빛 교교한 밤 창가에 서면, 누군가 세레나데를 불러주지 않을까 하는 환상에 젖기도 한다. 그런 밤엔 로맨틱한 밴드음악의 대명사 알톤 글렌 밀러(1904~1944)의 Moonlight Serenade를 대신 듣는다. 드뷔시의 '달빛'이 사색을 부르는 곡이라면, 글렌 밀러의 '달빛 세레나데'는 제목 그대로 낭만적인 상상을 하게 한다. 부드럽고 화사한 달빛 아래 춤추는 남녀가 연상된다. 그레이스 켈리와 캐리 그랜트 정도면 어울릴까. 당대의 멋진 배우 로렌 바콜이 흰 드레스 자락을 펄럭이며 걸어 나올 것 같기도 하다. 음악방송에서도 자주 들리는 그 곡은 금관악기 위주로 흥겨움과 무드를 동시에 느끼게 하는 매력이 있다.

글렌 밀러는 미국 출신 트롬본 연주자다. 그의 이야기를 담은 실화영화(안소니 만 감독 1906~1967)에서는 외모가 흡사한 제임스 스튜어트가 열연했다. 40대의 제임스가 20대부터의 글렌을 연기했다. 이렇다 할 소속 없이 떠돌던 글렌은 밴 폴락 밴드에 직접 작곡한 악보를 주고 입단해 활동한다. 연주자로서 점점 이름을 알리지만 만족하지 못하고 자신만의 소리를 찾다가 직접 밴드를 만들고 순회공연을 다닌다. 루이 암스트롱과 협연도 하고 베니 굿맨과 함께 당시 유행하던 스윙 재즈 발전을 위해 노력한다.

첫사랑인 시골아가씨 헬렌(준 엘리슨)에게 전당포에서 산 가짜 진주목걸이를 주며 청혼하고 일사천리로 결혼까지 한 그는, 알뜰하고 현명한 아내 덕에 승승장구하며 성공의 길로 나아간다. 음악공부를 더 하며 노력 끝에 자신이 원하던 소리, 〈문라이트 세레나데〉를 쓰게 된 것이다. 그의 곡 중 펜실베니아 6-5000은 그가 헬렌에게 처음 전화해서 알려준, 자신이 머물던 지역 연락처 번호다. 그는 그녀와 관련된 시간, 공간으로 곡을 만들 정도로 아내를 사랑했다. 오직 음악만을 생각하며 성실한 남편으로 최선을 다한다. 훗날 성공 후 진짜 진주목걸이를 선물하는 장면은 보는 이마저 미소 짓게 한다. 그녀는 내조를 잘 한 덕에 남편에게서 최고의 대우를 받는다.

클럽에서 그의 밴드 연주를 들으며 춤을 추는 잘 차려 입은 남녀들의 모습은 격조가 있다. 지금의 나이트클럽과 비슷한 장소이지만 음습하지 않다. 흑백화면이라 더욱 그렇게 보이는 건지 모른다. 예나 지금이나 사람들은 즐거움을 찾아 카페로, 클럽으로 향한다. 그의 오케스트라는 드럼과 피아노, 베이스가 한 대씩 있을 뿐 색소폰과 트럼펫, 트롬본 같은 관악기 일색인 브라스 밴드다. 우리 귀에 익숙한 스윙재즈 곡 In the Mood는 들어보면 누구나 고개를 끄덕이고 발가락을 까딱거릴 정도로 흥겨운 곡이다. 원작자가 따로 있지만 글렌 밀러가 재정비해 발표했다. 제임스 스튜어트의 트롬본 부는 모습이 너무나 리얼해서 직접 부는 것처럼 보이는데, 〈에디 듀친 스토리〉에서 피아노 치는 타이론 파워처럼 불가사의하다.

제2차 세계대전 시기에 그는 공군으로 입대하고 밴드를 결성한다. 군인들의 행진 때 행진곡 대신 재즈곡을 연주해 상사의 핀잔을 받지만 군인들의 인기를 얻는다. 야외에서 연주 중 공습경보가 울릴 때는 소리를 줄였다가 다시 소리를 키우고 연주를 멈추지 않는 모습이 인상 깊고, 박수를 아끼지 않는 군인들도 멋이 있었다.

어느 날 그는 위문공연을 위해 비행기를 타고 가다가 실종되는데, 비행기록도 사체도 찾지 못해 그의 죽음엔 많은 의혹이 있다고 전해진다. 젊은 나이에 급작스럽게 사라진 글렌 밀러, 크리스마스이브에 가족들은 그의 마지막 선물을 받는다. 그가 가족을 위해 깜짝 선물로 마련한 음악을 방송으로 들으며 헬렌은 눈물을 글썽이며 미소 짓는다.

늦은 밤, 발코니 없는 집 방안에 달빛이 홍건하다. 벅차오르는 감흥으로 잠이 사라진다. 창가에 기대 우두커니 서서 환한 미소를 짓고 있는 달을 바라본다. 캐리 그랜트는 없지만 달이 세레나데를 불러준다.

삶을 녹여낸 음악, 재즈
⟨뉴올리언스⟩

뉴올리언스 베이슨가 도박클럽 오르페움에서 코넷을 연주하는 루이 암스트롱, 그는 늘 미소를 지으며 멤버들과 즐겁게 생활한다. 어느 날 재력가 스미스 부인이 도박을 하러 오고 사장인 닉 듀케인은 그녀와 인사한다. 그녀의 딸 미랄리는 성악을 공부하는 아가씨로 공연을 위해 해외에서 뉴올리언스로 온다. 미랄리 집 하녀 앤디(빌리 홀리데이)가 피아노를 치며 노래를 부르자 스미스 부인은 제지하는데 미랄리는 그 음악에 관심을 갖는다. 앤디는 블루스 음악이라고 설명하고 클럽에 노래하러 간다. 그 뒤를 미랄리가 따라나선다.

입이 커서 '새첼 마우스 – 새치모'라는 애칭으로 불리는 루이가 코넷을 연습하자 미랄리의 공연 지휘를 맡은 퍼버가 음계에 없는 음이라고 지적한다. 루이는 그저 웃는다. 공연이 시작되고 루이는 밴드 멤버들을 노래로 소개한다. 기타, 트롬본, 클라리넷, 드럼, 피아노, 더블베이스, 그리고 코넷. 퍼버가 쇼팽의 '즉흥환상곡'(정확히는 환상즉흥곡이다)을 연주하자 멤버들은 흥미롭게 듣는다. 미랄리는 사장에게 악기들이 말을 하는 것 같다고 말한다. 듀크와 미랄리가 가까워지자 스미스 부인은 듀크를 떠나보내려고 그에게 불이익을 줄 궁리를 한다.

어느 날 클럽에서 뛰쳐나온 여자가 교통사고를 당하고 사망하는 일이 생긴다. 듀크는 그 일로 재판을 받고 베이슨가는 철거하게 된다. 미랄리는 자신의 공연 후 앙코르곡으로 재즈곡 '뉴올리언스'를 부른다. 일부 관객들이 퇴장하지만 그녀는 꿋꿋이 노래를 마친다. 이후 그녀는 듀크와 떠나려 하는데 스미스 부인의 계략으로 그를 오해하게 돼 다시 해외로 떠난다. 루이는 멤버들과 마지막 연주를 한다.

시카고로 떠난 듀크는 새롭게 클럽 '뉴올리언스'을 열고, 루이와 멤버들 모두 그를 따라와 영업을 준비한다. 연주를 듣고 손님들이 모여들면서 클럽은 호황을 누린다. 레그 타임(그 시절 흑인들의 춤과 공연) 열풍이 분 것이다. 앤디도 합류하여 마음이 외로울 때 블루스를 들으라고 노래한다. 루이 암스트롱 밴드는 승승장구하며 이름을 알리고 순회공연을 다닌다. 미랄리는 심포니 홀에서 파우스트를 공연하게 되고 스미스 부인은 성공한 듀크를 찾아와 그를 공연에 초대한다. 미랄리는 마지막 곡으로 재즈곡 '뉴올리언스'를 소프라노 버전으로 부른다.

이 영화는 얼핏 클럽 사장 듀크가 주인공처럼 보이지만 루이 암스트롱의 활동 사를 보여준다. 클래식과 재즈의 대결 같기도 하고 클래식 위상을 따라잡으려는 재즈의 분투기 같기도 하다. 재즈를 몰라도 세계적인 트럼펫 연주자 루이 암스트롱(1900~1971)을 모르는 사람은 없을 것이다. 그는 뉴올리언스에서 태어나, 어린 시절 소년원에서 잠시 지낼 때 그곳 음악교사에게서 코넷과 트럼펫을 배우게 된다.(코넷은 트럼펫보다 높은 음을 내는 묘한 음색의 악기다) 흑인들의 비애를 담은 애조 띤 노래와 연주곡으로 명성을 얻고 1922년 시카고로 가서 크리올 재즈악단에서 연주하고 성공의 길을 걷는다. 영화에서처럼.

그의 노래 What a Wonderful world는 지금까지도 음악방송에서 자주 들린다. 그 노래를 들으면 나는 왠지 모르게 울컥한다. 노래가 감동스럽게 아름답지만 세상이 그만큼 아름답지 않은 것 같기도 하고, 나의 상황과 대비되기도 하고… 젊은 청취자들은 그의 노래가 나오면 '가래아저씨' 나왔다고 킬킬댄다. 뭔가가 걸린 듯한 목소리와 창법 때문이다. 그가 노래할 때 악보를 떨어뜨려 그 공백을 가사 없는 음절로 불러서 스캣 창시자가 되었다는 일화가 있다. 그는 71세에 뉴욕에서 심장마비로 사망했다.

영화에서 앤디라는 하녀로 나온 빌리 홀리데이(1915~1959)는 독보적인 허스키한 음성으로 음악팬들에게 꾸준히 사랑받는 재즈뮤지션이다. 삶이 그대로 녹아있는, 영혼을 울리는 노래라고 찬사를 받는 그녀는 태생부터 불우했다. 어려서 부모에게 방치되다시피 했고, 소녀 때 하녀로 들어간 집에서 백인에게 성폭행당한 뒤 그런 일이 반복돼 사창가에서 생활한다. 어느 클럽에서 밤무대 가수를 모집한다는 벽보를 보고 찾아가 〈외로운 나그네-Trav'lin all Alone〉를 불렀는데 주위가 조용해지고, 누군가는 눈물을 흘리고, 박수가 터져 나왔다고 한다. 자신의 인생을 녹여낸 노래가 감동을 준 것이다. 그녀의 인생은 그렇게 꽃핀다. 이후 스윙재즈의 대가 베니 굿맨을 만나 음반도 취입하고 재즈가수로서의 입지를 굳혀간다.

그녀가 부른 곡 '이상한 열매Stranger Fruit'는 kkk단에게 무참히 살해되어 나무에 매달린 흑인 두 사람의 사체를 보고 부른 노래다. (나는 개인적으로 나나 시몬 버전을 좋아한다) 그녀는 슬프고 처절한 노래로 자신과 흑인들의 아픔을 노래했다. 그리고 바보처럼 당신을 원한다는 노래 I'm a fool to want you 는 지금도 라디오에서 자주 나오는 곡이다. 그러나 흑인으로서 받은 가혹한 차별과 가난, 불행한 결혼생활과 마약으로 영육은 피폐해지고 노래를 부를 수 없게 되어 이른 나이에 뉴욕 병원에서 숨진다.

아프리카에서 노예로 끌려와 지난한 삶 속에서도 자신들의 문화를 만든 흑인들, 그들의 후손으로 태어나 타고난 음악적 감각으로 재즈라는 장르를 만들어 세계 음악인들의 마음을 사로잡은 훌륭한 뮤지션들은 두 사람 뿐만은 아니다.

발 없는 새의 운명
〈엘비스〉

가짜가 아무리 잘 해도 진짜가 될 수는 없다. 유명 가수 이름이 붙은 영화가 나올 때마다 선뜻 보러 가지 못하고 망설이는 이유다. 록그룹 퀸의 보컬 프레디 머큐리의 일생을 다룬 영화 〈보헤미안 랩소디〉 때도 그랬다. 그럼에도 영화관으로 향하는 건 그들의 노래를 듣기 위해서다. 〈엘비스〉 영화에서 엘비스 프레슬리를 연기한 오스틴 버틀러는 대역 없이 노래와 춤을 직접 불렀다고 한다. 매력도 있고 노력이 엿보이는 실력이 훌륭했다. (영화에서 나의 최애가수 마할리아 잭슨의 노래를 들어 더 좋았다.)

미국 테네시 주 멤피스에서 생계를 위해 낮에는 트럭

을 몰고 밤에는 술집에서 노래를 부르던 엘비스 프레슬리 (1935~1977). 어머니는 생계를 위해 목화밭에서 일하고 아버지는 밀주판매로 감옥살이를 했다. 어린 시절 우연히 흑인들의 음악을 듣고 크게 영향을 받은 그는 백인들에겐 금지된 춤과 노래로 일약 유명해진다. 당시 로큰롤은 천박한 음악으로 여겨졌기 때문이다. 그런 그를 눈여겨보고 상품이 될 거라 생각한 파커 대령(톰 행크스)은 그의 매니저가 되고, 이후 엘비스는 노회한 그의 덫에 걸려 헤어나오지 못한다.(나이 든 톰 행크스의 완벽한 연기 변신이다)

엘비스가 오른쪽 다리를 떨어대며(왼쪽인가) 미친 듯이 부르는 Hound Dog에 소녀 팬들은 영혼을 털었다. 내가 개인적으로 스트레스가 쌓일 때 듣는 록그룹 딥 퍼플의 '하이웨이 스타'처럼 가슴이 뻥 뚫리는 노래다. 팬들의 환호에 중독돼 쉼 없이 노래하는 엘비스. 내레이션으로 나온 '발 없는 새' 이야기에 뭉클했다. 그 새는 발이 없어 땅을 딛지 못하고 계속 날기만 하다가 죽을 때에야 내려온다고 한다. 그 새는 바로 엘비스 프레슬리였다. "힘든 일, 눈물, 잠 못 이루는 밤이 얼마나 많았는지 사람들이 알까" 그의 말이다. 퀸의 프레디 머큐리도, 살아 있는 엘튼 존도 비슷하다. 스타는 외롭다.

그동안 무심히 들어온 노래 가사에는 다 사연이 있었다.

Are you lonesome Tonight은 감미로운 노래로만 알고 있었는데 아내 프리실라가 떠나고 외로움에 젖어 부른 노래였다. 딸 리사가 태어나고 5년 만에 파경을 맞은 것. 노래를 들을 때 그 탄생 배경을 조금이라도 알고 들어야겠다는 생각이 든다. 진정 그를 사랑하는 아내의 마음이 미모만큼 아름답다. (프레디 머큐리의 오래된 여자 친구처럼.) 아내도 떠나고 매니저의 횡포를 알게 된 후 급격히 체중이 불기 시작한 엘비스, 영화 마지막 장면에서 퉁퉁 부은 얼굴로 Unchaind Melody를 부를 때 대역에서 진짜 엘비스로 자연스럽게 바뀌는 장면이 압권이었다. 노래 때문일까. 그 장면에서 울컥하며 눈물이 찔끔 나왔다.

록Rock의 사전적 의미는 '흔들다, 춤추다'이고 롤Roll은 '구르다, 둥글다'의 성적인 속어라 한다. 동적이면서 관능적인 뉘앙스가 연관성이 있는 듯하다. 로큰롤이란 단어는 1939년 컨트리 가수 버디 존스가 대중화시켰다. 2차 세계대전 직후 미국은 인구가 늘고 각 가정에 라디오와 텔레비전이 보급되었다. 그 시절 움츠러든 사람들의 마음을 위로해주고 춤추게 한 음악이 로큰롤이었다. 빙 크로스비, 프랭크 시나트라 같은 감미로운 스탠더드 팝이 대세일 때 느닷없이 나타난 로큰롤은 기성세대와의 단절을 의미했다. 록 음악의 상징인 밴드는 음악 팬들에게 실질적인 멘토 역할이었고 자신들의 감정과 생각을 투사하며 안식과 카타르시스를 안겼다.

엘비스 프레슬리는 어머니의 외모와 재능을 물려받아 모자 관계가 각별했다 한다. 군에 입대한 그에게 어머니의 사망소식이 날아들었을 때 큰 충격으로 그는 기행을 일삼았다. 한참 활동할 초기에는 말론 브란도나 제임스 딘의 반항적인 이미지를 차용했지만 전역 후엔 반항아 이미지를 벗고 성숙한 느낌의 느린 노래를 불렀다. 이후 비틀즈, 롤링 스톤즈, 지미 핸드릭스 같은 기라성 같은 스타들의 등장으로 인기가 예전만 못했다. 건강도 악화돼 몇 번의 죽을 고비를 넘기다가 1977년 심장마비로 사망한다. 사인이 약물 중독이라는 소문과 함께 그의 죽음에도 의구심이 남았다.

이제 가을이 깊어지면 라디오에서 Anything That's Part of you(낙엽 따라 가버린 사랑)가 흐를 것이다. 이브 몽탕의 '고엽'과 함께 늦가을의 서정을 알리는, 로큰롤 가수가 부른 분위기 있는 노래가 '언니 오빠'들의 감성을 적실 것이다. 그의 팬은 아니지만 스타로서의 엘비스는 매력 넘치는 뮤지션이었다. 팬들에게 그는 신이었다. 육신은 떠났지만 그보다 중요한 사진을 보며 숭배를 이어오고 있다. 멤피스에 있는 그의

묘지에는 지금도 수십만 명이 넘는 '순례자'들이 모여든다고
한다.

눈 속의 기차, 아르장퇴유 프랑스 _ 모네 (1875)

스크린 속
명곡 1

거장과 거장의 만남
세르지오 레오네 감독과 엔니오 모리코네

클린트 이스트우드의 미간이 좁혀지고 팽팽한 긴장이 감돈다. 눈동자와 눈동자 사이에 먼지바람이 지나간다. 드디어 권총이 불을 뿜는다. 쓰러진 건 역시 상대방이다. 졸개들은 이미 연발로 처리됐다. 그가 연기 나는 총을 총집에 집어넣고 말을 타고 떠나는 순간 어디선가 휘파람 소리가 나고 전자기타가 흐른다. 영화 〈황야의 무법자〉의 엔딩 장면이다.

이탈리아 식 서부극, 일명 마카로니 웨스턴 시리즈 영화 〈황야의 무법자〉 〈석양의 건맨〉 〈석양의 무법자〉를 만든 이탈리아 영화감독 세르지오 레오네(1929~1989)가, OST 대가 엔니오 모리코네(1928~2020)를 만난 건 운명이었을까. 모리코네는 그 영화들의 음악을 맡아 영화보다 더 유명한 음악들을 남겼다. 휘파람 소리와 전자기타, 트럼펫과 남성 합창단의 코러스가 어우러져 총질과 무법자에 어울리지 않는 비감하면서도 아름다운 OST를 탄생시켰다.

〈석양의 건맨 For a Few Dollas more〉에서는 휘파람과 함께 드럼이 마치 말발굽 소리 같은 효과를 냈고, 〈석양의 무법자 The Good The Bed and Ugly〉에서는 슬픈 현악과 하모니카, 저음의 남성 중창이 극의 몰입도를 높이며 인생의 무상함을 표현했다. 특히 데니쉬 내셔널 심포니 오케스트라의 연주는 단원들의 코믹한 표정과 혼성 합창단의 코러스가 완벽한 하모니를 이루었다. 나의 최애 배우 제임스 코번이 출연한 〈석양의 갱들〉에서는 이탈리아 소프라노 에다 델 오르소의 스캣에 남성의 코믹한 코러스(일명 숑숑숑)가 묘한 매력과 진한 향수를 불러일으킨다.

이 영화들은 대부분 떠돌이 총잡이의 정의 구현과 복수 대행, 아니면 어릴 때의 부모 형제 원수를 찾아 복수하는 내용이다. 마지막 대결 때 주인공은 죽지 않으니 권선징악이다. 찡그린 미간이 매력적인 배우 클린트 이스트우드는 미국인임에도 세 이탈리아 영화(달러 3부작)에 출연해 주연을 맡았는데, 재밌는 건 영화에서 시종 시가를 물고 있던 그가 실은 금연가였다는 거다. 단골 악역엔 이탈리아 출신 배우 지안 마리아 블

론테가 왠지 믿지 않은 악을 보여줬다.

레오네의 서부극은 냉소적이고 비정한 메시지를 보여준다. 그는 미국 서부의 역사는 단순하고 폭력적인 남자들에 의해 만들어진 역사라고 믿었다. 아메리칸 드림을 깨뜨리며 미국의 현실을 투영했다고 전해진다. 기존 서부극의 주인공이 개인의 이익보다 공동체의 가치를 지키는 영웅들이었다면, 세르지오 감독이 묘사한 주인공은 물질적 이득을 좇는 존재였다.

세르지오 감독의 걸작 중 하나인 〈옛날 옛적 서부에서Once upon a time in west〉는 해리 그레이의 소설 「더 후즈」가 원작으로, 주연이 음악이다 할 정도로 아름다운 곡이 탄생했다. 메인 테마인 Jill's Theme는 클라우디아 카르디날레의 야성적인 아름다움에 잘 어울린다. 길게 이어지는 여성의 허밍은 아름답다는 표현으로는 부족할 정도다. 들으면 울컥한 감동으로 눈물이 고일 때도 있다. 영화에서 찰스 브론슨이 어릴 때 형을 죽인 원수 헨리 폰다에게 복수하기 위해 갖고 다니며 불던 하모니카 곡은 The Man with the Harmonica로 그가 등장할 때마다 음울한 소리가 반복된다.

또 하나의 걸작 〈Once upon a Time in America〉는 세르지오 감독의 유작이다. 1920년대에 판치던 미국 갱스터들의 우정과 욕망, 사랑과 배신을 다룬 영화로, OST는 피아노와 리코더, 애수 어린 팬 플룻이 어우러져 명곡이 탄생했다. 세계적으로 가장 많이 팔린 음반이라 한다. 감독은 이 곡을 촬영장에서 계속 틀어놔 배우들이 그 곡을 들으며 연기했다고 한다. 수많은 걸작을 만든 모리코네는 안타깝게도 아카데미상 후보엔 오르지 못했는데 조금은 생소하게 '시편교향곡'인 〈헤이트 폴 8〉 OST로 처음 아카데미음악상을 수상했다. 오랜 기다림의 결과였다. 그는 '명곡은 1퍼센트의 영감과 끝없는 노력'이라 말한 바 있다. 겸손한 인품이 더욱 빛난다.

고전음악 작곡가로서 활동을 시작한 이탈리아 출신 엔니오 모리코네는 아버지가 재즈 트럼펫 연주자여서 어릴 때부터 음악을 접했다. 1940년대 재즈클럽에서 트럼펫을 연주하다가 1955년에 영화와 연극 삽입곡들을 대필하는 일을 시작했다. 이후 서부영화 음악으로 명성을 얻게 된다. 그는 1961년부터 영화음악을 시작하며 그 일을 부끄럽게 생각해 10년 동안만 하겠다고 아내에게 말했다는데, 10년은 20년이 되고 계속됐다. 그의 폭넓은 음악세계는 독립된 예술 장르를 개척했다고 평론가들이 전했다. 음악계의 거물들은 그의 재능을 몰라보다가 오랜 시간이 지나서야 그의 천재성을 알고 통념을 뛰어넘은 걸작이라고 말했다.

다양한 감독들과 협업하며 만든 500편이 넘는 영화음악 중,

대중에게 친숙한 음악들은 〈라 칼리파〉, 〈시네마 천국〉, 〈러브 어페어〉, 〈미션〉, 〈피아니스트의 전설〉, 〈시실리안〉, 〈언터처블〉, 〈햄릿〉 외 다수다. 어떤 평으로도 표현 안 될, 들어봐야만 아는 명곡들이다. 그는 곡 자체에 의미가 있어야 영화에 기여할 수 있다고 말했다. 책임감이 느껴지는 언급이다. 그는 소리와 이미지, 스토리텔링의 조화를 완벽하게 이루고 내면의 감정을 음악으로 표현한 거장이다. 영화감독들은 그를 모차르트와 베토벤에 견주고 후세들은 그의 음악에서 영감을 얻는다.

2007년에 엔니오 모리코네의 내한공연이 있었다는데 나는 그때 뭘 했던가. 음악을 들으려고 영화를 보는 편인 나는 음악 거장들의 작품으로 인생이 행복하다.

권력에의 저항
〈쇼생크 탈출〉과 편지 2중창

무심코 돌리던 영화 채널에서 익숙한 장면이 포착된다. 〈쇼생크 탈출〉의 한 장면이다. 리모컨을 내려놓고 몰입한다. 몇 번 본 영화를 또 보게 되는 건 시간이 남아돌아서는 아닐 것이다. 그것은 볼 때마다 느끼는 커다란 카타르시스 때문이다. 반전이란 내용을 모를 때 짜릿한 건데 알고 보는 반전도 재미가 있다. 〈쇼생크 탈출〉은 19년의 세월을 억울하게 옥살이하고 탈옥한 한 남자의 이야기다. 범죄 스릴러물의 대가 스티븐 킹 소설 『리타 헤이워드와 쇼생크 탈출』을 헝가리 계 미국인 감독 프랭크 다라본트가 각색해 만들었다. 스티븐 킹은 영화 〈돌로레스 클레이본〉의 원작자이기도 하다.

잘 나가던 은행 부지점장 앤디 듀프레인(팀 로빈스)은 아내와 아내의 정부를 살해했다는 누명을 쓰고 종신형을 선고 받아 쇼생크 감옥에 수감된다. 교도소 소장과 간수들의 비인간적 대우와 수감자들 사이의 폭력이 자행되는 그곳에서 앤디는 힘겹게 수형생활을 이어간다. 그는 교도소에서 필요한 물품을 구해주는 레드(모건 프리먼)를 만나고, 까마귀를 기르며 도서실을 관리하는 노인 브룩스(제임스 휘트모어)와도 친해진다.

자유에 대한 희망을 버리지 않은 채 하루하루를 보내던 어느 날, 지붕에 도료를 칠하는 작업 도중 앤디는 간수장 해들리가 동생의 유산을 물려받게 됐다는 말을 엿듣는다. 앤디는 해들리에게 세금 감면의 방법을 알려주고 그 대가로 수감자들에게 맥주 세 병씩 마시게 한다. 이후 죄수들은 그를 신망하게 된다. 간수들은 그에게 세금문제를 상담하고 소장도 그에게 비자금 관리를 맡기게 된다. 50년을 감옥에서 생활한 브룩스가 출소한 뒤 (그는 사회에 나가는 게 두려워 가석방을 거부하지만 밖의 생활에 적응하지 못하고 숙소 천장에 자신의 이름을 새긴 뒤 목을 맨다) 앤디는 소장의 신임을 얻게 돼 힘든 노동 대신 서류작업을 하며 조금은 편하게 지내게 된다. 주 정부에 끊임없이 편지를 보내 보조금을 요청하고 수감자들이 인간답게 살 수 있도록 노력한다.

어느 날, 앤디는 도서를 정리하다 모차르트 레코드판을 발견한다. 판을 걸고 음악을 듣던 그는 문을 잠그고 스피커를 켜 노래가 온 교도소에 울려 퍼지게 한다. 순간 교도소 내의 모든 사람들은 하던 일을 멈추고 아름다운 선율에 귀를 기울이는데…. 그 곡은 모차르트 오페라 〈피가로의 결혼〉 중 편지2중창 '저녁 산들바람은 부드럽게'이다. 순간 운동장에서 동작을 멈추고 스피커 쪽을 바라보던 사람들의 표정은 마치 천상의 누군가를 영접하듯 명했다. 음악은 흐르지만 정적의 순간이었다. 화장실에 있던 간수가 옷을 추스를 새도 없이 쫓아오고 소장까지 와서 문을 열라 다그치지만 그는 느긋하게 의자에 기대어 선율을 음미한다. 2주간 독방신세를 지고 나온 앤디가 동료들에게 말한다. "우리 내부에는 아무도 건드리거나 빼앗을 수 없는 것이 있는데 그것은 바로 희망이야."

그런데 많고 많은 음악 중 왜 하필 그 곡이었을까.

〈편지2중창〉은 모차르트 오페라 〈피가로의 결혼〉 중 제3막에서 알마비바 백작부인 로지나가 바람둥이 남편을 골탕 먹이기 위해 하녀와 함께 편지를 쓰며 부르는 노래다. 부인이 한 소절씩 불러주는 말을 하녀 수잔나가 받아 적으며 따라 부르는 이중창이어서 가사가 두 번씩 반복된다. 〈피가로의 결혼〉 전작인 〈세비야의 이발사〉에서 알마비바 백작은 이발사 피가로의 도움으로 간절히 원하던 여인 로지나와 결혼하였으나, 바람기를 잠재우지 못하고 피가로와 결혼할 예정인 수잔나에게까지 유혹의 손길을 뻗친다. 권력에 저항하고픈 하녀와, 남편의 버릇을 고치려는 아내가 의기투합하여 이중창을 부르며 편지를 쓴다. '산들바람이 부드럽게 부는 저녁 소나무 아래에서 만나요~' 백작이 그 편지를 받고 정원으로 나오면 아내가 수잔나로 변장하고 나갔다가 정체를 밝혀 백작에게 한 방 먹이려는 계획이다. 하녀를 닦달하지 않고 그렇게라도 남편의 버릇을 고쳐 살아보려는 부인의 심성이 갸륵하다.

편지 내용과 관계없이 노래는 아름답기만 하다. 영화에서 레드는 그 곡을 듣고 "그것이 말로 표현할 수 없을 정도로 아름다워. 가슴이 저릴 만큼. 그 이태리 여자들이 뭐라는지 모르지만 마치 아름다운 새 한 마리가 우리가 갇힌 새장에 날아 들어와 담장의 벽을 허무는 것 같다"고 한다. 하지만 그녀들은 이태리 여자들이 아니었다. 영화에 소개된 음반은 1968년 카를 뵘이 지휘한 녹음 버전으로 수잔나 역에는 스위스 출신의 소프라노 에디트 마티스가, 알마비바 백작부인 역에는 독일 출신 소프라노 군둘라 야노비츠가 맡았다. 청순하고 때

묻지 않은 두 목소리는 가히 천상의 소리 같았다. 감독은 일부러 기교가 화려하지 않은 두 소프라노를 골랐음이 분명하다.

영화 한 편을 보며 음악까지 느끼려면 최소 다섯 번 이상은 봐야 할 듯하다. 처음엔 줄거리에 몰입하느라 음악까지는 안 들리기 때문이다. 어떤 OST를 들으며 이 곡이 그 영화에 나왔었구나 하고 나중에야 깨닫곤 하는데 편지2중창은 워낙 강하게 각인되어 바로 영화와 이어진다.

어느 날 신참 절도범이 들어오고 그와 대화 중 앤디는 자신의 아내와 정부를 죽인 진범을 알게 된다. 그는 소장에게 그 사실을 털어놓지만 소장은 자신의 비자금을 관리해주는 그를 보내줄 리가 없다. 젊은 절도범을 불러내 살해하는 소장과 절망하는 앤디… 어느 날 아침 점호에 앤디가 나타나지 않는다. 소장과 간수들은 그의 방 벽에 걸려 있던 배우 라켈 웰치(리타 헤이워드가 아니었다) 사진 뒤로 긴 통로가 이어져 있음을 알게 된다. 2년 동안 앤디는 매일 레드가 구해준 조각용 망치로 조금씩 벽을 긁어내고 탈출로를 만들었던 거다. 전날 그는 소장의 구두를 말끔히 닦아 자신이 신고, 낡은 자신의 신발을 대신 넣어놓은 후 소장의 양복을 옷 속에 입고 퇴근했었다. 필요한 물품을 비닐에 싸서 몸에 묶은 후 오물이 흐르는 하수도를 기어 탈출하는 앤디, 현실에서는 유독가스로 질식했을 수도 있겠지만 그는 멀쩡히 살아나온다. 하수관의 끝은 하천이었다. 때마침 번개를 동반한 거센 비가 내리고 앤디는 두 팔을 벌려 자유를 만끽한다.

며칠 후 말끔한 양복 차림의 신사가 은행에 나타난다. 그는 소장의 비자금을 모두 찾고 언론에 교도소 안의 비리를 폭로한다. 간수가 잡혀가고 소장은 자살하고, 비리와 폭력이 난무하던 교도소는 그렇게 정화된다. 어렵게 가석방된 레드는 브룩스와 같은 길을 가려다 앤디가 찾아오라고 알려준 장소인 멕시코 지후와타네호로 향한다. 그와 앤디는 그 해변에서 조우한다. 영화를 이끌어간 레드의 내레이션은 앤디와 자신의 내면을 담담히 전달했다.

예술작품의 궁극의 목적은 아름다움이라 한다. 아름다움의 다른 말은 감동인데 관객 입장에서 그 감동보다 더한 쾌감은 카타르시스가 아닌가 한다. 어떤 상황에서건 모두가 인간답게 살도록 노력하고, 약자로서 권력에 굴하지 않고 당당히 복수하는 앤디와 수잔나가 내게, 우리에게 짜릿한 즐거움을 선사한다.

* 영화에서 멕시코 지후와타네호로 나오는 곳은 실제로는 미국 세인트 크로이섬의 거북이 서식지 샌디 포인트라 한다. 멕시코보다 바닷물이 더 파랗기 때문에 그곳에서 촬영했다고.

그런 인생

영화 〈조커〉의 음악들

　회색빛 도시 고담 시에서 코미디언을 꿈꾸는 가난한 광대 아서 플렉(호아킨 피닉스 분)은 정신질환으로 상담을 받으며 어머니와 단둘이 산다. 그의 어머니는 전혀 행복하지 않은 그를 '해피'라 부른다. 그에게는 웃음이 멈추지 않는 질환이 있다. 어느 날 전철 안에서 퇴근길 회사원들을 만나고, 그 웃음 때문에 오해를 사 의도치 않게 살인을 하게 된다. 엉뚱한 상황에서 웃음을 터뜨리고 춤을 추는 남자, 그 춤은 슬픔의 다른 표현인지도 모른다. 자신이 시장의 아들이라 믿었다가 어머니의 피해망상임을 확인하고 어머니를 질식사시키는 아서… 그의 우상이었던 코미디 쇼의 거물(로버트 드 니로, 하회탈처럼 얼굴에 주름이 많아 못 알아봤다)도 자신을 조롱했다는 이유로 방송 중에 총으로 쏘고 만다. 그즈음 부유층에 불만이 많던 시민들은 모든 게 미쳐가는 코미디 같은 세상에서 시장을 죽이고 광대 살인자에게 열광하는데…,

영화음악 방송에서 심심찮게 나오는 〈조커〉 OST를 듣기만 하다가 영화관으로 확인하러 갔다. 내용도 궁금했지만 그 음악들이 어느 장면에서 나오는지 궁금해서였다. 찜찜하고 우울한 영화 속 주인공의 계속 웃어야만 하는 슬픈 질병과 광대 분장의 조화가 묘하다. 언제부턴가 광대 얼굴이 익살스럽게 보이지 않는다. 진한 페이소스를 풍기는 천진한 웃음도 뭔가를 숨기는 교활한 가면으로 보인다. 본 낯을 드러내기 싫은 존재의 가면…. 범죄드라마나 영화에서는 종종 익살스런 탈을 쓴 유괴범이 풍선을 들고 천진한 아이들의 마음을 유혹한다. 그 가면 속 얼굴은 얼마나 추악한가.

기분이 좋을 때나 나쁠 때를 가리지 않고 습관적으로 웃다가 차츰 빌런으로 변해가는 아서 플렉. 그 이후의 웃음은 이미 질환이 아니다. 그도 어쩌면 비루한 실체를 감추고 싶어 광대분장을 한 건지도 모른다. 그의 분장은 익살과 거리가 먼 공포를 자아내는 얼굴이다. 노란색 셔츠와 빨간 슈트를 입은 그의 모습은 마치 주름진 손가락에 낀 커다란 보석반지처럼 공허하다. 영화가 폭력을 미화시키고 부추긴다는 부정적인 평가도 있었지만, 영화 아닌가.

이 영화의 음악감독은 아카데미 음악상에 빛나는 아이슬란드 출신 첼로 연주자 힐더 구나도티르다. 그녀는 영화 대본을 보고 조커에게 연민을 느껴 스코어(그 영화만을 위한 음악)곡을 만들었다 한다. 영화 어디에선가 그녀의 묵직한 첼로 선율이 흘렀겠지만 내 귀엔 단 세 곡만 들렸다.

프랭크 시나트라의 'That's Life'는 조커가 방송국에 가기 위해 머리를 초록색으로 물들일 때 흐르는데 아서가 범죄자 조커로 변화하는 상징으로 보인다. '사는 게 그런 거지, 인생은 그런 거야'라는 가사 때문인지 조커에 대한 연민 때문인지 그 장면에서 울컥했다.

'Smile'은 1936년 무성영화 〈모던 타임스〉 스코어 곡으로, 찰리 채플린이 푸치니 오페라 〈토스카〉에서 영감을 얻어 만들었다 한다. 이후 존 터너와 제프리 파슨스가 가사를 붙였고 냇 킹 콜이 처음 부른 이후 많은 가수들이 커버해서 불렀다. 〈조커〉에서는 미국 가수이자 배우인 지미 듀랜트 버전이 흘렀는데 조금은 거칠고 개성 있는 목소리가 주인공 호아킨 피닉스와 잘 어울렸다. 현실이 힘들고 어려워도 항상 웃노라면 밝은 내일이 올 것이라는 채플린의 메시지이긴 한데….

마음이 아파도 웃어요

마음이 찢어져도 웃어요

하늘엔 먹구름뿐일지라도

잘 지낼 수 있을 거예요

두렵고 슬퍼도 웃어요

웃으면 내일의 태양이 환하게 비춰줄 거예요…

　엔딩 크레딧에 흐른 프랭크 시나트라의 Send in the Clown 은 뮤지컬 〈A Little Night Music〉의 삽입곡으로 미국 뮤지컬계의 거장 스티븐 손드하임 곡이다. '여성의 후회'라는 의미로, 여주인공이 한때 사랑했던 남자를 떠나보낸 후 세월이 흘러 다시 만나 청혼하지만 거절당하고, 민망한 상황을 수습하려 광대를 부르는 장면에서 쓰였다. 여주인공의 실망과 후회, 한탄과 자책이 서정적이고 분위기 있게 노래에 담겼다. 관객에게 재미를 선사하려고 투입되는 광대를 의미하지만 그녀가 자신을 바보라고 자조적으로 비유한 의미라 하는데, 그녀 마음도 위로하고 듣는 이의 마음도 어루만지는 느낌의 곡이다. 살면서 광대를 부르고픈 순간이 오는 건 그녀뿐일까. 한국에서는 김연아 선수가 쇼트 프로그램 음악으로 사용하여 유명해졌다. 영화 속 광대를 포괄적으로 표현한 노래가 아닌가 싶다.

광대가 어디 있지?

어서 광대를 불러줘요

아 굳이 안 불러도 되겠네요

제가 바로 광대이니까요…'

   아서가 클럽 무대에서 스탠딩 개그를 할 때 '내가 어릴 때 코미디언이 되겠다고 말하면 사람들은 나를 비웃었다. 지금은 아무도 웃지 않는다'는 말을 한다. 어느 영국 코미디언의 말을 따라한 이 말은 아마추어 희극인의 자조로 들린다. 찰리 채플린은 "인생이란 멀리서 보면 희극이지만 가까이서 보면 비극이다"고 말했는데 조커도 같은 독백을 내뱉는다. '내 인생이 비극인 줄 알았는데 코미디야…'

   많은 것이 담긴 것 같은 호아킨 피닉스의 얼굴, 아카데미 남우주연상 수상이 당연할 만큼 연기가 좋았다. 나는 배우를 보고 영화를 보는 편인데 조커 이후 그가 출연한 영화를 놓치지 않으려 한다. 한 번 신뢰가 생기면 무조건 믿는 성정 때문인 듯하다. 우울한 조커와 우아한 음악, 그러고 보니 오리지널 스코어보다는 귀에 익숙한 곡에만 귀를 기울였다. 익숙한 소리가 귀에 가깝고 마음에서도 멀지 않다. 세 곡을 들은 것만으로 이 영화는 내겐 성공이다. '어릿광대를 보내주오' 노래가

끝나고 사람들이 다 빠져나갈 때까지 나는 자리에서 일어날
수 없었다.

도심의 밤과 부유하는 트럼펫
〈사형대의 엘리베이터〉

여자가 허탈한 표정으로 비 오는 밤거리를 느릿느릿 걷는다. 그 뒤를 트럼펫 선율이 나른하게 뒤따른다. 밤의 기운을 타고 뇌우 속에서 나직하게 울리는 트럼펫이 도심의 불안과 권태를 들려준다.

회사 사장 부인 플로랑스(잔느 모로)와 연인관계인 줄리앙(모리스 로네)은 그녀와 저녁약속을 한 뒤, 사무실 문을 잠그고 창문 밖 발코니에 로프를 걸어 사장실로 가서 그를 살해하고 자살로 위장한다. 다시 돌아와 직원들과 함께 퇴근하고 차에 타려던 그는 건물에 매달린 로프를 발견하고 다시 회사로 들어간다. 하지만 경비직원이 건물 전원을 끄는 바람에 엘리베이터가 멈춘다. 온갖 방법을 동원해 보지만 그는 그곳에 갇히고 만다. 그 사이 젊은 건달 커플이 줄리앙의 차를 훔쳐 타고 가다가 어느 모텔에 묵는다. 그곳에서 독일인 부부와 술을 마시고 또 그들의 차를 훔치려다 발각되자 부부를 살해하고 도망친다. 줄리앙은 수배범이 되고 플로랑스는 밤새 그를 찾아 밤거리와 카페를 배회한다. 다음날 아침에야 회사 밖으로 나온 줄리앙은 경찰에 체포되는데 자신의 범행이 탄로날까봐 엘리베이터에 있었다는 알리바이를 대지 못한다. 내막을 알게 된 플로랑스는 그를 구출하려 애를 쓴다. 그 노력으로 건달이 잡히지만 차에 있던 카메라에서 두 사람의 다정한 사진들이 나오고 결국 줄리앙은 자신의 범행을 자백한다.

이 영화에서 두 남녀는 통화만 했을 뿐 함께 있는 장면이 없다. 플로랑스가 줄리앙을 찾아 애타는 마음으로 밤거리를 배회할 때 트럼펫이 무심한 듯 권태롭게 흐른다. 조용히 받쳐주는 드럼과 더블베이스…. 일탈을 부추기는 듯한 도심의 밤 분위기, 음울한 범죄영화가 재즈 선율로 미적인 여유를 풍긴다.

프랑스 영화감독 루이 말(1932~1995)이 1958년에 데뷔작으로 만든 영화 〈사형대의 엘리베이터Elevator to the Gallows〉는 원작이 따로 있는 프랑스 느와르 영화다. 잔느 모로(1928~2017)와 모리스 로네(1927~1983)가 주연을 맡은, 특별할 게 없는 범죄영화지만 음악은 당대 최고의 재즈음악가 마일스 데이비스(1926~1991)가 맡았다.

누벨바그 영화의 여신으로 불리는 프랑스 배우 잔느 모로는 검은 눈동자에서 풍기는 지성미와 관능적이면서도 맏며느리 같은 푸근한 이미지의 매력으로 당대에 인기를 끌었다. 〈사형대의 엘리베이터〉에서 그녀는 불안하고 혼란스런 여인의 표정으로 존재감을 내뿜어 배우로서 최고의 찬사를 들었다. 이후 많은 작품에 출연했고 세계 최고의 배우라고 그녀를 칭찬한 오손 웰스 감독의 도움으로 영화 제작까지 하게 되었다.

사람 좋은 '톰 아저씨' 같은 외모의 마일스 데이비스는 미국의 재즈 트럼펫 연주자이자 작곡가로 자신만의 독특한 표현으로 퓨전재즈의 길을 열었다. 같은 시대의 흑인 뮤지션과 달리 유복한 환경에서 자란 그는 줄리어드 스쿨에서 공부한 준비된 뮤지션이었다. 1940년 경부터 꾸준히 재즈의 흐름에 영향을 미친 그는 재즈계에선 한국의 조용필 같은 존재라 할까. 그는 지휘자이자 편곡자인 길 에번스, 색소폰 연주자 게리 멀리건, 피아니스트 빌 에번스, 테너 색소폰 연주자 존 콜트레인 등 기라성 같은 스타들과 함께 활동하며 재즈음악을 구축했다.

뤼미에르 형제와 조르주 멜리에스에 의해 시작된 프랑스 영화는 다른 어느 나라보다 가장 먼저 영화의 기법을 구축했다. 루이 말 감독은 심미적이고 신선한 영상감각에 의한 현실추구로 당시 누벨바그(새로운 물결) 영화의 대표감독이 되었다. 그는 인터뷰에서 블록버스터를 신봉하지 않으며 기존의 영화 관습에 대항했고, 인간의 부조리함에 대한 실존주의 철학에 깊은 영향을 받았다고 말한다. 당시 침체에 허덕이던 프랑스 영화계에 신선한 발상으로 새바람을 몰고 왔다. 누벨바그 바람은 전 세계 영화계에도 영향을 주어 고전영화와 현대영화의 분기점이 되었다.

루이 말 감독은 마일스를 녹음실로 불러 영화 화면을 보면서 라이브 연주를 하게 했다. 재즈를 사랑하고 즉흥촬영을 즐긴 젊은 감독의 열정이었다. 마일스 데이비스는 화면을 노려보며 자신만의 즉흥연주로 영화의 서사를 더 했다. 그는 '노트를 연주하기보다 노트 사이 행간을 이해하는 게 중요하다, 음악은 자유다, 그것은 모든 규칙을 깨는 것이다'는 명언을 남겼다. 바로 재즈를 말함이다.

트럼펫 독주는 밤하늘을 향한 고독한 남자의 독백 같다. 밤에 연주가 나오면 나는 창문을 열고 하늘을 본다. 음악방송에서는 크리스 보티 같은 젊고 감성적인 연주가 자주 나오지만 마일스 데이비스와 색깔이 다르다.

비련의 여인과 비창
〈안나 카레니나〉

살벌한 추위에 마음은 움츠러들고 몸은 굼뜨고….

TV와 씨름하는 요즘, 흘러간 명화만 방영하는 케이블 채널 '아트 시네마'에서 마음을 울리는 추억의 영화를 볼 수 있어 그나마 위로가 되었다. 버나드 로즈 감독, 톨스토이 원작 영화 〈안나 카레니나〉다. 부도덕한 여인의 말로가 어떤지 극명하게 보여주는 영화는 을씨년스런 날씨만큼이나 심란했다. 안나 하면 왠지 양가집 셋째 딸 같은 무난한 느낌이 드는 이름인데 영화 속 안나는 비련의 주인공이다.

러시아 상트 페테르부르크의 화려한 저택에서 보수적이고 관료주의적인, 대지주 남편 카레닌(제임스 폭스)과 살면서 차츰

회의를 느끼던 안나(소피 마르소)는 오빠를 만나기 위해 모스크바로 떠난다. 기차역에서 어머니를 마중 나온 오빠 친구인 브론스키 장교(숀 빈)를 만나는데 그는 그녀를 보고 한눈에 반한다. 브론스키는 왕녀의 짝사랑을 받고 있지만 관심을 두지 않고 안나에게 빠져 페테르부르크까지 따라간다. 안나는 그의 열정적인 구애를 받아들여 둘은 연인이 된다. 마을에 소문이 나고 사실을 알게 된 카레닌은 이혼을 해주지 않고 아들을 뺏는다. 안나는 주변의 따가운 시선과 아들을 볼 수 없는 고통으로 괴로워하는데, 그녀는 이미 브론스키의 아이를 임신한 상태다. 딸을 낳고 심하게 아픈 그녀를 보며 안타까워하던 브론스키는 카레닌을 찾아가 도움을 요청하지만 그는 냉담하기만 하다. 안나는 약물 중독에 빠지고 브론스키는 혼자 시골로 가버린다. 그를 쫓아 기차역으로 달려가던 안나는 달리는 기차에 몸을 던진다.

　잘못된 사랑이라 할지라도 순수함이 있었기에 자신의 사랑을 남편에게 떳떳이 고하고 연인과 떠난 안나. 윤리의식이 땅에 떨어진 요즘 세상에선 상상이나 할 일인가. 남편은 이혼을 해주지 않고 아들을 만나지 못하게 하는 형벌을 준다. 마냥 행복할 것만 같던 두 사람의 생활은 그러나 행복하지 않았다.

사랑을 갈구하는 여자와 사랑만으로는 살 수 없다는 남자. 불안정한 환경과 아들에 대한 그리움, 사랑에 대한 불신으로 그녀는 절망감에 휩싸이고, 달리는 기차에 몸을 던진다. 영원한 사랑은 없다 하던가. 가정을 깨트리고 선택한 사랑은 끝내 비극으로 끝나고 말았다.

안나가 기차역으로 향할 때 흐르는 곡은 차이콥스키 교향곡 6번 비창 4악장이다. 음울하고 슬프게 흐르는 곡이 곧 있을 비극을 암시한다. '비창'이라는 제목에 이처럼 어울리는 영화도 없을 것 같다. 비창은 차이콥스키가 마지막으로 만든 교향곡으로 그 자신도 자신의 작품 중 최고라 꼽았다 한다. 하지만 그는 얼마 후 콜레라로 사망하고 만다. 그의 죽음과 비창이 연관이 있었는지는 알 수 없으나 결과적으로 운명의 작품이 되고 말았다.

멜랑콜리한 4악장에는 우울, 공허함, 허무, 절망 같은 게 담겨 있다. 현(바이올린)들이 느리게 춤을 추다가 슬픔의 골목으로 몰려다니는 듯하다. 안나가 기차에 몸을 던지려는 순간 절정으로 치닫는 현의 선율, 그러다 다시 느려지고… 음악과 어우러지는 그녀의 표정이 비바람에 쓸리는 젖은 낙엽 같아서 마음이 아팠다. 슬픔과 우울함은 다르다. 음악도 마찬가지다. 세상에서 가장 슬픈 곡이라는 비탈리의 '샤콘느'도 이 순간 슬프지 않다. 슬픔을 뛰어넘는 우울한 곡이 차이콥스키 비창 6번 4악장이다.

내가 본 영화 속 안나는 비비안 리와 소피 마르소다. (비교적 최근에 제작된 키이라 나이틀리 버전도 있다) 어느 소설 속 미인도 두 배우만큼 아름답진 않을 것 같다. 예쁘기만 한 소피 마르소에 비해 비비안 리의 아름다움은 본래의 미모에 분위기가 더해져 치명적이다. 도도함 속에 숨어있는 여인으로서의 가녀림이 절정의 매혹을 준다. 거리의 여인으로 살아도(애수), 시련을 겪고 삶에 지친 모습일 때도(욕망이라는 이름의 전차) 기품을 풍기며 더욱 진한 아름다움을 내뿜는 비비안 리는 사랑할 수밖에 없는 배우다. 날씨만큼 추운 영화를 보며 비련의 주인공인 그녀들을 연민한다.

브람스를 좋아하세요
⟨Goodbye Again 이수⟩

브람스 교향곡 3번 3악장, 이 곡이 흐르면 가을이 왔구나 생각한다.

쓸쓸하고 서정적인 곡이 사색의 늪으로 빠뜨린다. 알 수 없는 그리움으로 가슴이 몽글해진다. 단조의 애수 어린 클래식 음악이 대중적인 팝뮤직처럼 말초신경을 자극하고 감성을 적신다. 아름다운 선율을 들을 때마다 브람스가 평생 연모한 슈만의 아내 클라라를 생각하며 만들었을까 생각한다. 이 곡을 차용한 영화 ⟨Goodbye Again⟩은 1961에 제작된 미국영화로, 프랑스 작가 프랑수아즈 사강 소설 「브람스를 좋아하세요」가 원작이다. 이브 몽탕과 잉그리드 버그만, 안소니 퍼킨스 주연의 영화는 한자어 '이수'로 번안되어 한국에서도 상영되었다.

인테리어 가게를 하는 40세 여자 폴라(잉그리드 버그만)와 트럭을 사고파는 일을 하는 남자 로제(이브 몽탕)는 5년째 만나고 있는 연인 사이다. 두 사람의 바쁜 일상 장면에 브람스 곡이 흐른다. 공일오비 노래 '오래된 연인들'처럼 두 사람은 설렘 없이 습관적으로 만날 뿐이다. 데이트 준비로 분주한 폴라에게 로제는 늘 약속을 취소하는 전화를 한다. 그녀에게 입버릇처럼 사랑한다 말하면서도 끊임없이 젊은 여자를 만나는 로제, 그런 그에게 사랑을 갈구하며 외로워하는 폴라….

어느 날 로제는 폴라에게 인테리어 일감을 소개한다. 그 집엔 어머니와 살고 있는 25세 청년 변호사 필립(안소니 퍼킨스)이 있다. (영화 '사이코' 이후 어떤 역할을 해도 그를 보면 그 이미지가 떠오른다.) 그녀를 처음 보고 사랑에 빠진 필립은 거의 스토커 수준으로 그녀를 따라다닌다. 어느 날 필립은 브람스를 좋아하세요 라고 물으며 그녀를 음악회에 초대한다. 그리고 다정하고 매력 있고 밝으면서 슬퍼 보이는 그녀를 행복하게 해주겠다며 고백한다.

로제가 10일 동안 출장을 간 후 폴라는 어린 그에게 쏠리는 마음을 다잡기 위해 더 이상 찾아오지 말라고 한다. 필립이 재즈바에서 실의에 빠져 있을 때 재즈가수가 브람스의 그 곡에 가사를 붙인 Say no more It's goodbye를 부른다. 필립은 그녀에게 사랑을 묻는다. 그녀는 '사랑은 단어일 뿐 아무 뜻도 없다, 두 남녀의 만남을 고급스럽게 포장한 말'이라고 한다.

비를 맞으며 필립은 폴라를 찾아가고 두 사람은 함께 밤을 보낸다. 출장에서 돌아온 로제는 그녀의 변화를 감지하고 필립을 애송이라 칭하며 빈정대는데, 자신이 젊은 여자를 만나는 건 정상이라며 폴라를 모욕한다. 그녀는 울면서 이별을 고한다. 이후 로제는 다른 여자 곁에서도 폴라의 빈자리를 느낀다. '붙박이장'인 줄 알았던 오래된 연인이 움직이자 자신의 일탈에 힘이 빠진 거다. 필립의 엄마는 아들을 뉴욕으로 보내려 하지만 그는 가지 않고 일도 안 하며 폴라의 집에 머문다. 로제는 폴라를 찾아와 집에 돌아온 느낌이라며 다시 사랑을 고백한다. 기쁨에 겨운 폴라는 필립에게 이별을 고하고 그의 등 뒤에 대고 외친다. 난 너무 늙었어~.

로제와 폴라는 결혼하지만 외식을 위해 준비하는 폴라에게 로제는 또 다시 취소전화를 한다. 브람스 선율이 흐르고 폴라는 화장을 지운다.

포유류의 권태인가. 폴라를 사랑하면서도 끊임없이 다른 상대를 찾는 남자, 돌아올 곳이 있을 때와 없을 때의 방랑은

큰 차이가 있으니 오래된 애인을 집 혹은 엄마로 여기는 건
아닐지.

브람스는 19세기 독일에서 태어나 비엔나에서 활동한 작곡
가 겸 피아니스트이다. 브람스 교향곡 3번은 브람스가 독일
비스바덴에서 휴양할 때 만들었다. 폴라와 필립이 음악회에서
감상한 곡은 브람스 교향곡 1번과 3번이다. 그 중 3악장이 영
화에 쓰이면서 대중에게 알려졌다. 어느 평론가는 그 곡이 미
학적으로 완벽한 곡이라고 했는데 좋은 부분인 도입부가 반
복해서 흐른다. 중간 중간 되풀이되는 아름다운 선율은 영화
에도 쓰이고 많은 유명 가수들이 가사를 붙여 노래했다.
이 영화에선 나오지 않았지만 이브 몽탕이 '당신이 잠들었
을 때'라는 제목을 붙여 재즈 풍으로 나른하게 불렀고, 프랑
스 가수이자 배우였던 제인 버킨이 Baby Alone in Babylone
으로 꿈꾸는 듯한 관능적인 목소리로 대중에게 선사했다. 멕
시코 출신 기타리스트 산타나 밴드도 곡을 차용해 멋진 연주
곡을 만들었다. 브람스 교향곡은 대부분 내성적이고 함축적
이고 진지해서 영화 배경음악으로 쓰이기에는 적합하지 않다
지만 3악장은 예외다.
실제 브람스는 14세 많은 슈만의 아내 클라라를 사랑했다

고 전해진다. 그가 결혼하지 않은 이유가 클라라 때문인지는 모르지만 평생 그녀와 교류했다. 그도 베토벤처럼 무뚝뚝하고 냉소적인 성격이었다 한다. 자연을 좋아하고 산책을 즐긴 것도 닮았다. 집안 형편이 어려워 여기저기 다니며 피아노를 연주하고 연주여행을 다니다 슈만과 그의 아내 클라라를 만났고, 그의 재능을 높이 산 슈만이 그를 세상에 알리는 데 일조했다. 그의 음악은 화려하진 않지만 순수하고 소박하여 사람의 마음을 끌리게 한다는 평을 받는다. 1896년 클라라가 죽은 뒤 그의 건강도 악화되었고 1897년 간암으로 사망한다.

브람스를 좋아하세요 뒤엔 물음표가 붙지 않는다. 궁금한 대상은 브람스가 아니기 때문이다. 사랑은 관념이 아니고 과학이라 한다. 사랑을 알건 모르건 가을은 짐짓 상념에 들게 하는 계절이다. 그 옆에 브람스 교향곡 3번 3악장이 있다.

사슴 사냥꾼 이야기
〈디어 헌터〉

'He Was Beautiful~.'

클레오 레인의 목소리가 아련하게 퍼진다. 그녀는 누구를 생각하며 이 노래를 불렀을까. 영화 〈디어 헌터〉 OST '카바티나'에 가사를 붙인 이 노래는 원곡을 능가하는 감성을 선사한다. 기타 버전의 원곡도 좋지만 어쩐지 많은 얘기가 담긴 듯한 클레오 레인의 목소리가 가슴속에 아득한 그리움을 피운다. 스탠리 마이어스(1930~1993)는 어떻게 이런 곡을 만들었을까. 카바티나는 영화에서 오케스트라 협주곡 형태로 사용됐지만, 존 윌리엄스의 연주 후 클래식 기타 버전으로 만인에게 사랑을 받는 곡이다. 음악 덕분에 조금은 우울한 영화 속 슬픔이 로맨틱하게 느껴지기도 한다.

펜실베니아 작은 마을에 사는 마이클(로버트 드 니로), 닉(크리스토퍼 월큰), 스티븐(존 세비지)은 제철소에서 일하며 사슴을 사냥하는 평범한 생활을 하던 중 군에 입대해 베트남 전에 투입된다. 스티븐은 떠나기 전 결혼식을 올리고 그들은 피로연 겸 송별회를 갖는다. 전장으로 떠난 세 사람은 포로로 잡히고 포로 생활은 그들에게 극심한 고통을 안긴다. 베트콩들이 그들에게 '러시안 룰렛' 게임을 하게 한 거다. 총에서 언제 총알이 튀어나올지 모르는 상황에서 돌아가며 자기 머리에 총을 쏘는 것. 마이클과 스티븐이 베트콩을 죽이고 그 상황에서 벗어난 세 친구는 이후 뿔뿔이 헤어진다.

닉은 병원에서 탈영한 뒤 소식이 끊기고 스티븐은 다리를 다쳐 불구가 되어 돌아온다. 마이클만 멀쩡하게 돌아와 다시 사슴사냥에 나서지만 총을 쏘지 못하고, 자신이 친구들을 망쳤다는 자책감에 괴로워한다. 매달 스티븐에게 베트남에서 거액의 돈이 송금돼 오는데 마이클은 돈을 보내는 사람이 닉이라 확신하고 그를 찾아 다시 베트남으로 떠난다. 그는 도박장에서 러시안 룰렛에 열중하고 있는 닉을 발견한다. 닉은 친구도 못 알아볼 만큼 영혼이 망가져 있었고 게임 중 총알이 튀어나와 죽는다.

친구들은 그를 데려와 고향땅에 묻는다. 장례식을 치르고 그들은 함께 모여 누가 먼저인지 모르게 God Bless America 를 부른다. 미국인들이 애국가 이상의 의미를 담아 부르는 힘찬 노래를 상복차림으로 우울하게 부르는 그들, 슬픔을 더욱 배가시키는 장면이다.

1978년 미국 할리우드 시나리오 작가인 이탈리아계 감독 마이클 치미노(1939~2016)가 제작한 이 영화는, 전쟁으로 본의 아니게 우정을 상실한 세 남자 이야기가 관객에게 충격과 함께 잔잔한 감동을 준 영화로 기억한다. 전쟁터에서 돌아온 사슴 사냥꾼이 사슴의 눈을 본 순간 전쟁터에서 죽어간 사람들이 떠올라, 더 이상 총을 쏠 수 없는 트라우마가 생긴다. 전투 장면보다 전쟁이 낳은 친구들 간의 갈등에 초점을 맞춘 영화는, 살아남은 자(마이클)의 죄책감으로 고통스러워하는 심리를 잘 그렸다. 영화 중 포로수용소에서 베트콩이 내기를 걸고 미국 병사들에게 자행하는 '러시안 룰렛' 게임은 충격 그 자체다. 3시간 여 상영되는 걸작으로 흥행에 성공했지만 미국을 피해자로 그린다는 평을 받기도 했다. 참전 전야부터 전쟁의 후유증으로 병을 얻은 닉의 죽음까지 세 사람의 이야기로 이어진 영화는 제 51회 아카데미상 작품상, 남우조연상(크리스토퍼 월캔), 감독상, 음향상 등을 수상했다.

〈카바티나〉는 세 친구가 숲에서 사슴을 찾아다닐 때 평화롭게, 아름답게 흐른다. 마치 사냥꾼과 사슴이 술래잡기라도 하는 것처럼···. 마이클이 전쟁터에서 돌아와 친구들에게 환영 인사를 받을 때와 그를 연모하던 린다가 안타까운 표정을 지을 때도. 전쟁은 모두에게 지옥이다.

스탠리 마이어스는 영국 출신 작곡가 겸 지휘자로 카바티나 외에도 60여 편의 음악을 작곡했다. 이 영화에서는 쇼팽의 야상곡도 흐르는데 Op.15 제 3번이다. 〈디어 헌터〉는 작품도 좋았지만 음악이 명곡이 된 영화다.

산티아고에 비가 내린다
〈IL PLEUT SUR SANTIAGO〉

"산티아고와 이스터 섬에 비가 내린다."

1973년 9월 11일, 칠레 수도 산티아고 라디오에서 음악이 끝날 때마다 이 말이 방송된다. 드라이브를 즐기며 평범한 일상을 즐기던 젊은이들은 방송을 듣고 웃으며 도로를 다시 달린다. 잠시 후 그 길을 탱크가 굉음을 내며 지나간다. 그 '비'는 피노체트 군부가 보낸 쿠데타 암호였다.

방송 이후 아옌데 대통령 관저 모네다 궁과 주변 분위기는 신산해지고 각료들은 가족과 작별인사를 나눈 후 궁으로 향한다. 상주하던 해외 언론인들도 바빠지고 대학생들은 반파쇼집회를 열며 저항한다. 군대가 궁을 공격하기 시작하고 대통령과 지지자들은 항전한다. 아옌데는 군 장성으로부터 도피를 권유받지만 응하지 않고 방송으로 마지막 연설을 내보낸 후 최후를 맞는다. 그는 자살한 걸로 알려졌으나 영화에서는 총살되었는데 진실은 모른다.

그 옆 건물 에스타디오(지금은 빅토르 하라) 스타디움에서 총살되는 노동자들 모습이 이어지고, 대학생들과 함께 포로로 잡혀 있던 민중가수 빅토르 하라가 '우린 승리하리라'를 선창하며 합창을 유도하다가 구타당해 죽는다. 나중에 찾아 들은 그의 목소리가 투쟁에 어울리지 않게 부드러운 미성이어서 더욱 가슴이 아팠다. 군인들은 체 게바라 사진도 거리에 내팽개친다. 피노체트가 승리의 기자회견을 열 때 누군가 파블로 네루다의 사망을 알린다. 시민들은 네루다의 장례 행렬을 따르며 외친다. '아옌데여 영원하라, 네루다여 영원하라…' 칠레에서 미국으로 망명한 엘비오 소토 감독은 이런 상황을 다큐멘터리 형식의 영화로 만들고 그 암호를 영화제목으로 사용했다.

1970년 대선에서 국민투표로 당선된 살바도르 아옌데는 칠레의 의사 출신 대통령이다. 라틴 아메리카에서 최초로 민주 선거를 통해 대통령이 되고 사회주의 정권을 출범시켰다. 그러나 3년 후 미국의 지원을 받는 피노체트 장군에 의해 무너진다. 피노체트는 아옌데의 개혁을 사회불안으로 읽으며 정권을 찬탈했다. 아우구스토 피노체트는 1973년부터 1990년까지 대통령을 지냈다. 17년의 통치기간 동안 국민에게는 고통과 절망의 시간이었다. 그가 만든 '죽음의 특공대'에 희생된 사람은 13만여 명으로 추산된다. 피노체트에 대한 칠레 국민들 생각은 양분돼 있다고 한다. 한쪽은 군정시절 자행된 학살과 인권탄압의 원흉으로, 한쪽은 공산주의자들이 득실거린 시절의 혼란에서 나라를 구한 장군으로…. 피노체트는 쿠데타 이후 8년 동안이나 그곳, 모네다 궁을 방치했다고 전해진다. 아옌데의 망령이 두려워서였을까.

파블로 네루다는 칠레인들에게 신화적인 존재였다. 그는 일찌감치 정치가의 길로 들어섰지만 당시 정부로부터 압박을 받고 여러 나라로 망명의 길을 떠나야만 했다. 그러면서도 시를 쓰기 위해 틈틈이 바다를 찾았고, 세 번째 부인과 살던 이슬라 네그라 별장에서 자신에게 편지와 수집품을 배달해주던 우편배달부에게 시를, 은유를 가르쳤다. 아옌데 집권 후 그는 프랑스 대사가 된다.

라디오 음악방송에서 이 영화 〈산티아고에 비가 내린다〉의 OST를 처음 들었을 때 단순히 낭만적인 영화로 생각했었다.

아스토르 피아졸라의 반도네온 선율이 흘렀기 때문이다. 어렵게 찾아본 영화는 그것과는 거리가 멀었다. 반도네온은 땅고 (아르헨티나 탱고)를 위한 악기만은 아니었다. 알고 보면 낭만적인 음악도 역사의 숨결이 스민 곡들이 많다. 스페인 지배를 받았던 중남미 음악에 '연가'로 가장한 곡이 많은데, 일제 강점기 때 한국 가곡 속 '님'이 나라를 의미하는 것과 같은 맥락이다. 중남미 문화에 빠져 있는 내게 이 영화, 〈산티아고에 비가 내린다〉는 제목만으로 매혹이었다. 이외에도 칠레의 상처를 다룬 영화는 〈영혼의 집〉과 〈죽음과 소녀〉〈하우스 오브 스피릿〉이 있다.

영화를 보며 음악을 듣는 내내 바람에 처연히 지는 여린 꽃잎이 연상되었다. 앨범 재킷의 그림이 꽃잎이 몇 개 떨어진 꽃송이여서 그랬을까. 살벌한 영화 내용과 어울리지 않는 반도네온의 선율이 슬프면서 무심히 흐른다. 칠레 재무장관이 탱고를 출 때도, 총탄에 사람들이 쓰러지고 아무것도 모르는 아이들이 천진하게 뛰어놀 때도….

바이올린과 반도네온이 애잔하게 흐르면 피아노와 드럼이 무심히 멜로디를 받쳐준다. 피아졸라 음악에 거의 등장하지 않는 드럼이 마치 충직한 파수꾼처럼 든든하게 느껴진다. 부드럽고 온화한 아코디언과 달리 반도네온은 칼날 같은 음결이다. 그래서 슬픔도 날카롭게 느껴진다. 그 어떤 악기도 흉내 낼 수 없는 음색과 표정은 탱고가 춤추기 위한 음악에서 감상을 위한 예술적인 음악으로 변화해오는 과정에서 듣는 이들을 매료시켜왔다. 반도네온은 탱고의 영혼이라 불리는 악기이지만 중남미의 영혼이라 불리기도 한다.

모니터에는 분명 컬러영화인데 흑백화면으로 보인 이유는 뭘까. 실화를 바탕으로 한 다큐멘터리 영화여서 그런 듯했다. 영화를 보는 내내 마음속에 불편함이 스멀거린 이유는 오래전 한국 광주에서 일어난 비극이 오버랩되었기 때문이다. 그때의 상황을 만든 영화도 몇 있었지만 가슴이 아플 것 같아서 외면했었다. 그 중 영화 〈꽃잎〉에서 작고 여린 여자가수가 부른 '꽃잎'이 귓가를 맴돈다.

진실을 대면하는 건 늘 두렵다. 산티아고를 적신 그 '비'에 내 마음도 젖는다.

에디의 애련과 녹턴
〈에디 듀친 스토리〉

'레이닝 필터'라는 말이 있다. 비 오는 날엔 비에 어울리는 곡을 선곡한다는 방송용어인데 비가 음악 감성을 배가시킨다는 말이다. 비 오는 날 쇼팽의 녹턴을 들으면 '빗방울 전주곡'이 아니어도 빗소리와 피아노 소리가 닮았다는 생각을 한다. 녹턴 중에서도 대중적인 쇼팽 녹턴 9-2는 오래전 영화 〈에디 듀친 스토리〉에 쓰여 더욱 아름답고 슬프게 와 닿는다.

1930년 무렵 뉴욕 센트럴 카지노 클럽에 한 남자가 찾아온다. 그는 클럽 피아니스트 일자리를 원하는 에디 듀친이다. 사장을 만나고 보기 좋게 거절당한 그는 그곳을 나가며 피아노에 앉아 쇼팽 녹턴 9번 2악장 일부분을 친다. 그 소리를 들은 사장 조카 마주리(킴 노박)는 그에게 다가가 말을 걸며 계속 치라고 말한다. 그녀 덕분에 채용된 에디는 상류사회 클럽인 그곳에서 피아노를 친다. 마주리가 춤을 출 때 연하늘색 타이트 드레스 수술이 흔들리는 장면이 오래된 추억을 부른다.

쾌활한 에디에게 행복을 선사하는 손을 가졌다며 그를 격려하는 마주리, 그녀와 사랑에 빠지는 건 당연한 수순일까. 호의가 사랑으로 바뀌고 둘은 연인이 된다. 고급클럽의 분위기와 수준 높은 악단에 걸맞게 사랑에 빠진 그의 연주도 점점 농익는다. 결혼 후 첫날 밤, 창밖에 비바람이 몰아치자 마주리는 바람이 무섭다며 그에게 매달리는데 그 말은 비극을 암시한다. 임신한 그녀만을 위해 에디는 악단과 협연으로 녹턴을 제대로 연주한다.

사랑은 영원하지 않아서 아름다운가. 마주리는 크리스마스 이브에 출산 후 세상을 떠난다. 오열하며 메리 크리스마스를 외치는 에디, 그 장면에서 〈러브 스토리〉의 제니퍼와 이별하는 올리버가 오버랩되며 내 눈에서도 눈물이 흘렀다. 애정영화를 좋아하지 않는 내 가슴에도 비가 내린다. 그녀의 죽음이 자신 탓이라 여긴 에디는 아들을 보지 않고 남미로 연주여행을 떠난다. 이후 해군에 입대해 복무 중 낡은 피아노를 발견하고 쳐보다가 그 장면을 엿보는 마을 어린이를 발견한다. 아이에게 건반을 짚게 하고 젓가락 행진곡을 연주하던 에디는 그 아이를 보며 비로소 아들을 생각하고 편지를 쓴다.

전쟁이 끝나고 집으로 돌아오자 집엔 치키타라는 아리따운 가정교사가 아들을 잘 보살피고 있었다. 그는 늦은 부성애로 두 사람을 질투하면서도 그녀에게 사랑을 느낀다. 희망이 생긴 에디는 악단을 다시 만들고 업그레이드 된 악단과 교향곡에 버금가는 훌륭한 연주를 한다. 나의 최애곡 '브라질'을 연주할 때 감동으로 소름이 돋았다. 연주를 마친 그는 손가락에 이상을 느끼고, 병원에서 백혈병 진단을 받는다. 1년 밖에 못 사는 시한부가 된 거다. 그런 그와 결혼하는 치키타. 마지막 장면 아들과 마주 보며 녹턴을 연주하다 에디는 사라진다.

야상곡이라 불리는 녹턴은 서정적이고 부드럽고 우아한 선율이 특징이다. 세레나데와 비슷한 감미로운 선율이라 그렇게 불린 듯하다. 야상곡은 '밤의 서정'을 담은 곡으로 원래는 교회에서 밤 기도서 낭송 전에 부르는 기도의 노래였다고 한다. '피아노 문학'의 중요한 부분을 차지한다고 알려져 있는 녹턴, 피아노로 시를 쓰는 쇼팽의 곡이니 그 아름다움은 형언할 수 없을 것 같다. 그의 천재성과 감성을 잘 보여주는 걸작들이다. 영화에 쓰인 쇼팽 녹턴은 21개 작품 중 9번 2악장이다.

가장 대중적인 곡으로 쇼팽이 파리에 머물 때 만들었다. 하지만 녹턴의 원조는 아일랜드의 존 필드다. 그에 의해 독립된 양식으로 개발됐지만 형식을 완성하고 섬세하게 대중적으로 확립한 건 쇼팽이라 한다.

사랑을 주제로 한 영화는 왠지 간질거리는데 눈에서 눈물은 왜 흐를까. 1940년대 뉴욕 상류사회 클럽 모습과 풍광 때문인지 미국영화인데 유럽영화 같은 품격(?)이 느껴진다. 글렌 밀러의 낭만적인 곡 '문라이트 세레나데'도 비슷한 분위기에서 연주됐을 거라 생각한다.

이 영화에는 외모도 아름답지만 마음씨도 고운 두 여인이 등장한다. 진정 남자를 사랑할 줄 아는 훌륭한 여인들이다. 〈에디의 애련〉은 내게 킴 노박이라는 배우를 알게 해준 고마운 영화다. 그녀는 이후 알프레드 히치콕 감독 영화 〈현기증〉에서 신비한 매력을 보여줬다.

내가 고전영화를 즐겨 보는 이유는 한 편의 문학작품을 보는 것 같아서다. 탄탄한 구성, 깊이와 여유, 품위와 낭만이 있고 멋과 해학이 있다. 성형기 없는 진짜 미인들을 볼 수 있고 신사들의 매너와 고급스런 배경음악이 있다. 거기에 사건이 있으면 금상첨화다.

비 오는 날엔 빗소리가 피아노처럼, 피아노가 빗소리처럼 들린다.

어느 광대와 발레리나 이야기
〈Limelight〉

　왕년의 명 코미디언 칼베로(찰리 채플린)는 어느 날 자살을
기도한 처녀 테리를 구해 자신의 방으로 데려간다. 그러나 돈
이 없어 자신의 유일한 소지품인 바이올린을 저당 잡혀 그 돈
으로 그녀를 간병한다. 테리는 관절이 아파서 춤을 출 수 없
게 된, 희망을 잃어버린 불행한 무용수다. 그런 테리에게 칼
베로는 삶의 아름다움과 희망을 전해주고 테리는 이에 용기
를 얻어 건강을 회복하게 된다. 이후 칼베로는 테리의 부담을
덜어주기 위해 그녀의 곁을 떠난다. 몇 년 뒤, 발레리나로 대
성공을 거둔 테리는 떠돌이 악사가 된 칼베로를 만나고 은인
을 위해 자선공연을 한다. 그리고 그에게 청혼하지만 칼베로
는 거절한다. 공연은 대성공이었지만 환호와 갈채를 뒤로 한

칼베로는 테리가 파란빛의 라임라이트를 받으며 춤추는 모습을 보면서 대기실에서 숨을 거둔다.

라임라이트는 무성영화 시대에 석회막대를 태워 빛을 발하는 조명을 말한다. 채플린은 전기조명에 밀려서 사라지게 된 라임라이트를, 아무도 찾지 않는 퇴물이 된 자신의 신세에 빗대어 이 영화의 제목을 정했다고 한다. 채플린(1889~1977)의 노년의 고독과 우수가 담긴 이 작품은 그의 자전적인 작품이다. 모자와 콧수염 없이 연기한 이 영화에서 채플린이 테리에게 하는 말은 바로 자신에 대한 성찰이다. 자신의 삶과 예술을 영화를 통해 이야기한다. '삶에 왜 의미가 필요한가, 삶은 멋진 거야. 그걸 두려워하지 않는다면…, 필요한 건 용기와 상상력이지.'

테리는 칼베로를 남자로 사랑해서 청혼했을까. 아마도 은인에 대한 고마움의 표시였을 거다. 이성 간의 은혜 갚음은 종종 결혼으로 이어지는 경우가 있으니 칼베로에 대한 크나큰 은혜를 그의 아내가 되는 걸로 갚으려 했을 터다. 어쩌면 고마움이 사랑으로 승화했을 수도 있다. 채플린의 첫사랑도 무용수였다는데 그녀에 대한 사랑이 테리라는 인물을 만들어낸 건 아닐지.

채플린은 영국 런던의 빈민가에서 태어났다. 할머니는 집시였고 그의 부모는 가수이자 배우로 클럽에서 단역을 맡아 공연하며 근근이 생계를 이어갔는데, 아버지는 알코올 중독자였고 어머니 혼자 생계를 책임지다가 정신병원에 들어간다. 어릴 때 아버지 손에 이끌려 아동극단에 들어간 그는 스스로의 노력으로 재능을 쌓아 할리우드로 진출한다. 영화 제작자이자 작곡가이며 배우, 코미디언으로 성공한 그는 슬랩스틱 코미디의 선구자로 바보스런 연기를 하며 사람들을 즐겁게 했지만 그는 바보가 아니었다. 그는 비극을 희극으로 승화해 해피엔딩을 만들곤 했는데 그것은 어릴 때 자란 빈민가의 향수를 불러일으켰고 관객들은 공감의 박수를 쳤다고 한다. 그러면서 '인생이 멀리서 보면 희극, 가까이에서 보면 비극'이라는 명언을 만들었는지도 모른다.

어떤 상황에서도 무대에 서는 것, 그것이 그의 인생의 의미였기에 그는 잘 생긴 얼굴을 감추고 개그적인 이미지를 만들었다. 작은 모자에 꽉 끼는 재킷, 히틀러 같은 검은 콧수염, 통 넓은 바지에 큰 구두, 팔자걸음으로 자신만의 이미지를 구축했다. 공연 때마다 얼굴에 하얗게 분칠을 하고 눈 화장을 강조했는데, 서커스의 어릿광대 가면이 익살을 표현한다면, 채플린 같은 흑백 분장은 그 뒤에 비의悲意가 담겨 있는 것 같다. 어쩌면 흑백필름 시대라서 더욱 그렇게 보였는지도 모른다.

채플린은 1952년 영화 홍보를 위해 유럽을 순회하던 중 미국정부로부터 공산주의자로 의심을 받고 귀국을 허락받지 못해 스위스에 정착했다. 우여곡절 끝에 귀국해 1972년에 미국에서 영화가 개봉되고 다음 해에 아카데미 음악상을 수상했다. 채플린이 작곡한 라임라이트 주제곡 〈Two Little Ballet Shose〉는 나의 '최애곡'으로 한때 EBS '세계의 명화' 시그널곡이었다. 덕분에 페퍼민트 같은 이 곡을 일주일에 한 번씩 들을 수 있었다. 그 곡으로 인해 모든 영화는 명화가 됐다. 개인적으로는 게오르그 잠피르의 팬 플롯 연주와 만토바니 악단 연주를 즐겨 듣는다. 선율에 가사를 붙인 곡을 사라 본, 플라시도 도밍고, 제리 베일, 잉글버트 험퍼딩크, 일 볼로 같은 걸출한 가수들이 불러 사람들의 심금을 울렸다.

영화 속 칼베로의 인품처럼 아름답고 청량하게 흐르는 선율이 가슴을 적신다. 영화 내용과 관계없이 들으면 현실을 잊게 하고 슬프지 않으면서 눈물짓게 만드는, 드물게 마음을 청소해 주는 선율이다. 채플린은 언어로 한정짓는 유성영화는 한계가 있다고 생각해 음악에 각별히 신경을 썼다 한다. 그 결과물이 라임라이트 OST와, 1936년에 만든 무성영화 〈모던 타임스〉에서 흐르던 Smile이다. 익살스런 몸짓 속에 숨은 진중하고 아름다운 음악, 그는 진정한 종합 예술인이 아닐 수 없다.

세상에는 '좋은' 말이 너무 많다. 인터넷에 떠돌아다니는 그 숱한 '좋은 말씀'이 마치 속이 뻔히 들여다보이는 사람을 대하는 것 같아 때로 외면하곤 하는데, 막상 읽어보면 고개가 끄덕여지고 감동으로 다가오기도 한다. 테리에게 건네는 칼베로의 말도 그녀(관객)에겐 꼭 필요한 좋은 말이었다. 인생은 포기하면 안 된다고, 용기를 내라고…. 영화 〈모던 타임스〉에서도 그는 여주인공에게 끊임없이 희망을 말한다. 테리의 성공은 생명을 살려주고 꿈을 이루게 해준 훌륭한 인생의 스승이 있어서 가능했다. 강 건너 봄이 오듯, 희망도 그렇게 가까이 있는 건 아닌지 아름다운 선율을 들으며 생각해본다.

스크린 속 명곡 2

스크린 속
명곡 2

지중해의 '저녁노을'
리하르트 슈트라우스 Im Abendrot

주말 밤, 텔레비전에서 신비스런 시그널 Alma Mater가 흐르고 고요한 스튜디오에 폴 윈터의 Winter's Dream이 은은히 깔리면, 파리지엔 풍모의 은발신사가 정제된 어조로 영화와 음악을 소개한다. 현실세계에서 이상세계로 건너가는 시간, 다양하고 때로 테마가 있는 영화와 음악이 있는 그곳에서 정좌한다. 오늘은 어떤 영화일까.

영화 〈Trip to Italy〉가 소개될 때 바다 위를 미끄러지는 배와 절묘하게 흐르는 배경음악에 마음이 일렁였다. 거침없이 찌르는 듯한 도입부의 첫 음은 회색빛 대기에 한 줄기 빛을 비추듯 전율이 일었다. 음악 덕분에 찾아본 영화가 한둘이던가. 서둘러 영화를 검색했다.

잡지사의 제안으로 영국에서 이태리로 여행 온 두 남자(코미디언과 방송인)는 일주일 동안 이탈리아 북부 피에몬테에서 시작해 카프리까지 여섯 도시를 방문하며 끊임없이, 유쾌하게 인생 이야기를 나눈다. 두 남자는 바닷가 절경이 내려다보이는 식당에서 먹고 마시며 현지 여인과 사랑도 나눈다. 영화 〈먹고 기도하고 사랑하라〉에서처럼. 그들이 어딘가로 이동할 때마다 리하르트 슈트라우스의 Im Abendrot —저녁노을이 배경으로 흐른다. 이 곡의 백미는 도입부인데 들을 때마다 환희라는 단어가 떠오르며 감동으로 뭉클해진다. 마음 상태와 처한 상황에 따라 음악이 다르게 들리듯, 아마도 답답한 요즘의 일상에 대리만족으로 다가와서인지도 모른다.

좁고, 높고, 구불구불한 도로를 곡예하듯 달리는 작은 차를 보며, 그들의 여정이 몇 년 전 나의 이탈리아 남부 섬 여행 일정과 비슷한 걸 알았다. 해안가 절벽 위의 집들은 오래전 적의 침공을 막기 위해 그렇게 지을 수밖에 없었다는데, 여행자인 내 눈엔 운치 있게만 보였었다. 캄파니아 베수비오 화산의 돌길을 걸을 때도 마치 함께 걷는 듯 생생했고, 화산 꼭대기에서 조용하고 평화로워보이던 폼페이 시내를 말없이 내려다보았던 기억도 엊그제 일 같았다.

도입부만 조금씩 들리던 '저녁노을'은 그들이 리구리아를 방문할 때 비로소 제시 노먼의 목소리까지 들렸다. 노래가 끝날 때까지 황홀경에 빠진 듯 가슴이 벅찼다. 두 남자의 유쾌한 수다에는 영국 시인 바이런과 셸리가 자주 등장하는데 두 시인의 이탈리아로의 망명을 상징했다 한다. 두 여행객의 대화 중 '슬픔은 얇이다' '사진 한 장은 글자 천 자와 같다'는 말이 여운으로 남았다.

이탈리아의 풍광과 두 사람의 수다만 있는 다큐멘터리 같은 영화는 우아하고 아름다운 음악과 겉도는 느낌도 들었지만, 세상에서 가장 아름다운 해변이라는 아말피를 지날 때는 서로 어우러져 환상이었다.

'저녁노을'은 독일 후기 낭만파 작곡가이며 교향시의 거장인 리하르트 슈트라우스(1864~1949)가 독일 서정시인 아이헨도르프의 시에 곡을 붙인 성악곡이다. 이 곡은 슈트라우스가 소프라노 가수인 아내 파울리네를 위해 만든 4개의 노래 중 마지막 곡으로 소프라노와 오케스트라를 위한 곡이다. 내 귀엔 블랙 디바 제시 노먼 목소리에 최적화된 노래로 들린다. 음악이 바다와 어울리는 느낌은 슈트라우스가 병을 얻고 요양 차 지중해로 떠났을 때 이 곡을 구상하지 않았을까 유추하게 한다. 죽음을 준비하며 만들었다는 해석처럼 고독과 우수, 회상이 담겨 있으면서도 밝고 아름답다. 아내에 대한 사랑과 모든 걸

내려놓은 초월적 마인드가 담긴 것 같다.

푸른 바다와 낮게 떠 있는 구름, 유유자적 미끄러지는 돛배, 그 위를 흐르는 소프라노의 '저녁노을'…, 더 이상 어떤 수식이 필요할까. 그 순간엔 마음 한 편에 자리한 시름도 잊힌다. 음악을 듣다보면 운명처럼 가슴에 콕 박히는 곡이 있다. 영화의 격을 높여주는 음악도 있다. 슈트라우스의 이 곡이 그렇다.

우리는 슬픔도 기쁨도 손을 맞잡고 견디어 왔다.

이제 방황을 멈추고 저 높고 고요한 곳에서 안식을 누리리.

주위의 계곡은 깊게 패이고 사방은 어둠이 가득 찼네.

다만 두 마리 종달새가 아쉬움을 좇아 저녁 안개 속을 날아오르네.

이리로 물러서 그들이 노래하도록 내버려 두세.

곧 잠들 시각이니 외로움 속에서도

우리 방황하지 않으리 오 넓고 조용한 평화여

저녁노을 속에서 우리 피로로 지쳐 있네

이것이 아마 죽음이 아닐까 / 아이헨도르프 〈저녁노을〉

폐부를 찌르는 쓸쓸함
〈길 La Strada〉과 니노 로타

여름에서 가을로 가는 환절기는 두렵다. 겨울에서 봄으로, 봄에서 여름으로 가는 길과는 분명 다른 신산함이 있기에.

그 쓸쓸함을 닮은 소리가 있다. 이탈리아 영화음악가 니노 로타의 음악에서 흐르는 트럼펫이다. 트럼펫은 시끄러운 악기라고만 생각했었다. 군대에서 기상과 취침시간을 알리는 단순한 '나팔' 그 이상도 이하도 아니었다. 오랜 기간 트럼펫을 외면하고 음색이 비슷하면서도 부드러운 플루겔혼(호른)을 자주 들었다. 척 맨지오니의 내한공연을 보고나선 더욱 그랬다. 최근 크리스 보티의 트럼펫 연주를 듣고서야 그 소리의 매혹을 알게 됐다. 감미롭고 애잔하기도 하고 하이든의 〈트럼펫 협주곡〉처럼 때로는 힘을 주기도 하는 매력적인 악기….

니노 로타(1911~1979)는 영화 〈길 La Strada〉과 〈태양은 가득히〉에서 독보적인 트럼펫의 선율을 들려줬다. 1954년 이탈리아 영화감독 페데리코 펠리니가 각본과 제작, 감독을 맡은 영화 〈길 La Strada〉에서 그 쓸쓸한 소리는 틈틈이 흐른다. 영화 팬들 가슴 속에 깊은 감명을 준 스토리와 음악이다.

오토바이를 개조한 낡은 삼륜차에 자신의 이름 Zampano 라 써진 천막을 치고 여기저기를 떠도는 차력사 잠파노(안소니 퀸). 데리고 다니던 조수가 죽자 해변에서 그 가족을 만나 돈 몇 푼을 주고 그녀의 동생인 젤소미나(줄리에타 마시나)를 데려온다. 생계를 위해 가족을 떠나 잠파노와 동행하게 된 젤소미나는 짧은 머리에 왜소한 체구, 해맑은 미소를 지닌 순진무구한 처녀다. 잠파노는 겁먹은 표정의 그녀를 조수로 쓰기 위해 매질도 불사하며 악기 연주와 공연 기술을 가르친다. 잠파노가 차력으로 몸에 감은 쇠사슬을 끊을 때 그녀는 북을 치며 흥을 돋우고 돈을 걷는다. 그녀를 자신의 소유물로 여기고 성적 욕망을 채우는 잠파노, 존중받지 못하는 생활을 하면서도 순수하게 그를 좋아하며 그와의 결혼을 꿈꾸는 젤소미나, 그녀가 부는 트럼펫(젤소미나의 테마)은 늦가을의 낙엽을 떠올리게 한다. 그녀의 속울음 같은 소리가 트럼펫을 통해 흐른다.

두 사람은 어느 서커스단에서 일하게 되고 그곳에서 마토라는 광대를 알게 된다. 마토가 젤소미나에게 호감을 보이며 친절하게 대하자 잠파노는 질투인지 모를 감정으로 마토와 충돌한다. 얼마 후 길에서 우연히 마토를 만난 잠파노는 의도치 않게 그를 죽이게 되고 충격을 받은 젤소미나는 정신을 놓는다. 잠파노는 쓸모없게 된 그녀를 길에 버리고 떠난다. 잠든 그녀 옆에 트럼펫을 두고.

몇 년 후, 어느 바닷가 마을에서 공연을 끝내고 밤길을 산책하던 잠파노는 어디선가 젤소미나가 즐겨 불던 멜로디를 듣는다. 그는 여인에게 그 노래를 어디서 알았냐고 다그친다. 노래를 흥얼거리던 여인은 자기 아버지가 이상한 여자를 해변에서 데려왔는데 먹지도 않고 울기만 하다가 죽었다는 말을 한다. 그 밤 잠파노는 알 수 없는 감정으로 술에 취해 폭력적인 행동을 하며 울부짖는다. 처절한 고독을 느끼며 회한의 눈물을 쏟던 그는 그제야 젤소미나에 대한 감정이 사랑이었다는 걸 깨닫는다. 소중한 것을 잃고 난 후에야 깨닫는 인간의 어리석음…. 해변에 쓰러져 흐느끼는 잠파노를 연민하듯 파도가 잔잔히 철썩인다.

영화에서 젤소미나는 배우가 아닌 그 자체의 사람처럼 보였다. 또 다른 영화 〈카비리아의 밤〉에서도 비슷하다. 한없이 연민을 불러일으키는 그녀가 대학에서 문학을 공부한 재원이고 감독의 아내임을 알고 왠지 안도감을 느꼈다. 이후 〈라 스트라다〉는 가사가 붙어 샹송과 팝으로 불렸다. 영화 〈길 La Strada〉은 말이 필요 없는 수작으로 페데리코 펠리니에게 처음으로 아카데미상을 안겨줬다. 영화의 배경은 가난과 어둠이지만 음악으로 인해 낭만과 서정이 잘 어우러진 영화다. 유랑이라는 어휘와 낡은 삼륜차에서 풍기는 쓸쓸함이 그득한….

니노 로타의 또 하나의 트럼펫, 〈태양은 가득히〉 주제곡 Plein Soleil은 주인공 알랑 들롱의 아름답고 슬픈, 그러면서도 어딘지 불온해 보이는 눈의 안광 같은 선율이다. 그가 배에서 친구를 죽이고 지중해보다 더 파란 눈동자로 배의 키를 잡고 항해할 때 트럼펫이 울린다. 신분 상승 욕구로 부자인 친구를 죽이고 친구 이름으로 가짜 인생을 위태롭게 사는 알랑 들롱, 선율만으로 슬픈 서사가 느껴지는 음악은 관객이 범죄자인 주인공을 연민하는 소리 같다.

영화 〈대부〉의 Speak Softly Love의 선율은 트럼펫은 아니지만 사나이들의 피비린내 나는 복수극 속에서 처연히 흐른다. 정장을 하고 총질을 해대는 비정한 남자들의 모습, 잔혹한 느와르마저 아름답게 승화시킨 선율이기에 아카데미에서도 음악상을 주었다. 셰익스피어 원작 영화 〈로미오와 줄리엣〉에서는 피지 못하고 져버린 청춘의 덧없음을 음악으로 전했다. 테마곡 〈A Time for us −What is a Youth 청춘이란 무엇인가〉는 두 어린 남녀의 비극적인 사랑을 그린 명곡 중의 명곡이다.

니노 로타는 클래식을 전공한 작곡자였지만 페데리코 펠리니 감독을 만난 후 영화음악가로 변신한다. 그 스스로 영화는 취미일 뿐이라 말했다지만 그는 이미 영화음악의 거장이었다. 어릴 때부터 천재적인 음감으로 음악공부를 했고 문학과 철학공부도 게을리하지 않았다 한다.

라디오를 함께 듣는 음악 벗들은 니노 로타가 나오면 나를 찾는다. 엔니오 모리코네가 만인의 연인이라면 니노 로타는 나만의 연인이다. 감성이 통한다는 건 축복이다.

〈금지된 장난〉과 로망스

　음악에 관심 없는 사람도 들으면 알 만한 곡들이 있다. 오래 된 기타 연주곡 〈금지된 장난〉 OST '로망스'도 그런 곡 아닐 까. 피아노를 배우는 사람들이 통과의례처럼 '아들린느를 위 한 발라드'를 치듯, 기타 좀 친다는 사람들이 솜씨를 뽐내며 치는, 교본 같은 명곡이기 때문이다. 아주 오래전부터 들어온 아름다운 그 곡이 영화음악이란 걸 알았지만 영화를 본 건 그리 오래지 않다. 클래식 기타리스트 장대건의 '살롱 콘서트' 에서 첫 곡으로 로망스를 들을 때 영화를 찾아보리라 결심하 는 계기가 됐다.

　얼마 전 타계한 알랭 들롱 주연 영화 〈태양은 가득히〉로 유 명한 프랑스 영화감독 르네 클레망(1913~1996)이 만든 이 흑백

영화는, 1952년 베네치아국제영화제 산마르코 작품상과 아카데미 외국영화상을 수상했다. 주인공은 영화 〈라붐〉에서 소피 마르소의 엄마로 나온 어린 브리지트 포세이와 소년 미셸을 연기한 조르주 푸줄리다. '동심을 통해 전쟁의 비참함과 성인들의 에고이즘을 고발'한 작품으로, OST '로망스'는 스페인 기타리스트 나르시소 예페스가 만들고 연주했다.

1940년 6월 남프랑스 어느 농촌마을 길, 독일군 공습을 피해 부모와 함께 파리에서 피난 오던 어린 소녀 폴레트는, 바로 곁에서 부모가 총탄에 맞아서 죽자, 죽은 강아지를 안고 헤매다 어느 농가로 들어선다. 그 동네는 전쟁과 상관없어 보이는 평화롭고 한적한 마을이다. 폴레트는 미셸이라는 소년을 만나고 소년은 소녀를 자기 집으로 데려간다. 폴레트는 미셸에 의지하고 두 아이는 오누이처럼 따스한 정을 나눈다.

다음날 폴레트는 죽은 강아지를 구덩이에 묻고 미셸은 십자가를 만들어 세워준다. 죽은 동물들을 위해 예쁜 십자가가 필요하다는 폴레트의 말에 미셸은 마을의 십자가를 훔쳐다가 방앗간에 모아놓고 동물들의 장례식을 치른다. 급기야 병으로 죽은 큰형의 장례식 때 영구차에 달린 십자가를 뽑는가 하면, 교회에 들어가 커다랗고 빛나는 십자가를 훔치려다 신부에게 들키기도 한다.

이 모든 게 사이가 좋지 않은 옆집 남자의 소행이라 생각한 미셸의 아버지는 그와 싸우던 중 범인은 미셸이라는 신부의 말을 듣는다. 아버지는 미셸을 구타하며 십자가의 행방을 묻지만 소년과 소녀는 눈물만 흘릴 뿐 입을 열지 않는다. 어린 아이들의 '금지된 장난'이 조용한 마을에 분란을 일으킨다.

어느 날 경찰이 찾아와 전쟁고아인 폴레트를 적십자사로 보내려 하자, 미셸은 폴레트를 보내지 않는 조건으로 십자가 있는 곳을 말하지만 아버지는 약속을 지키지 않고 폴레트를 보낸다. 미셸은 모든 십자가를 강물에 던지며 울분을 참지 못한다. 수녀를 따라 기차역으로 간 폴레트는 누군가 미셸이라고 부르는 소리가 들리자 미셸을 반복해 부르며 사람들 사이로 뛰어간다. 그때 흐르는 로망스는 영화 팬들에게 영원한 고전으로 남았다. 두 소년 소녀가 함께 있을 때마다 동심을 부각하듯 로망스 선율이 흐른다. 음악이 흐르는 순간 전쟁의 비참함도, 금지된 장난도 수채화가 된다.

예로부터 여자는 요물이라 했던가. 동서고금, 노소 불문, 여자를 위해 범죄를 저지르고 신세를 망치는 남자는 무수히 많다. 첫사랑이랄 수 있는 폴레트를 위해 막무가내로 십자가를 훔치는 미셸, 한적한 시골에서 소를 돌보며 부모형제들과 살던 순박한 소년에게 예쁜 도시 소녀의 등장은 삶의 빛이었을 것이다. 십자가뿐 아니라 더한 것도 훔쳐다 줬을 것 같다. 먼 훗날 그 두 사람이 다시 만난다 해도 그 관계는 크게 변하지 않을 것 같다. 십자가가 보석으로 바뀌었을까.

로망스를 만들고 연주한 나르시소 예페스(1927~1997)는 세계적으로 유명한 스페인의 기타리스트다. 안드라스 세고비아의 후계자라 일컬어지는 연주자로, 세련된 기교와 음악성이 높이 평가됐다. 그는 명곡 '아랑후에즈' 연주로 데뷔하여 이름을 알렸고 두 차례의 내한 공연도 가졌다고 한다. 한국에도 그의 후계자들이 많아 여기저기서 로망스가 흐른다. 주변을 수채화로 물들이며.

어느 철도원 이야기
〈The Railroad Man〉

어릴 때부터, 들으면 아득한 슬픔의 나락으로 빠지는 영화
음악이 있었다. 아이가 누군가를 부르는 소리에 이어 들리는
선율이 너무 슬퍼서, 이탈리아판 '엄마 찾아 삼 만리'인가 생
각하며 듣곤 했다. 마음이 울적할 때 들으면 마치 고아가 된
양 외로움을 안기며 눈물마저 고이던 곡이다. 그러나 뒤늦게
찾아 본 영화는 생각처럼 슬픈 내용은 아니었고 그저 평범하
게 살아가는 한 철도원 가족 이야기였다. 어린 막내아들 산드
리노의 내레이션으로 이어지는 영화는 아이가 퇴근한 아버지
마중을 나가는 장면으로 시작한다.

안드레아 마르코치(피에트로 제르미 감독 겸 주연)는 로마와 밀라
노를 잇는 급행열차를 모는 50세의 기관사다. 그는 아내와 두

아들, 딸을 둔 가장이다. 매일 퇴근길에 동네친구 우고의 술집에 들러 동료 철도원들과 노래 부르며 술을 한잔 마시고 집으로 가는 게 일과다. 성탄절이 다가오던 어느 날 안드레아는 딸의 임신사실을 알게 된다. 그는 딸을 다그쳐 가게 점원을 찾아가고 두 사람은 애정 없는 결혼을 하게 된다. 어느 날 그의 귀가가 늦어지자 아내 사라가 산드리노를 보내 아버지를 데려오라 하는데, 부자가 집에 오자 집엔 아무도 없다. 딸 줄리아의 출산으로 병원에 가 있던 것. 그때 고독한 가장의 마음을 대변하듯 OST가 흐른다.

줄리아는 진통 끝에 아이를 낳지만 사산한다. 철도회사에 파업이 일어나고 삶의 무게에 짓눌린 안드레아는 가정에도 어려움이 생기자, 동료들의 비난에도 기차를 몰아 배신자 소리를 듣는다. 어느 날 열차 운행 중 선로로 뛰어든 남자를 친 후 당황하여 적색신호를 못 보고 달리다 다른 열차와 충돌 위기를 넘긴다. 화물열차 기관사로 강등된 그는 '커피보일러'로 쫓겨나고 기차에 석탄 채우는 일을 맡는다.

어느 날 친구들과 놀던 산드리노는 낯선 차 안에 남자와 함께 있는 누나를 보고 그 차에 돌을 던진다. 이 사실을 알게 된 안드레아는 딸을 구타하고 백수로 지내던 큰아들도 집을 나간다. 줄리아는 이혼하고 공장으로 간다. 안드레아는 도

시락을 들고 출근버스를 기다리다 담배를 피워 무는데 버스
가 가버린다. 그는 이후 집에 오지 않는다. 아버지를 찾아 나
선 산드로는 어느 술집에서 여자와 앉아 있는 아버지를 본다.
산드로가 엄마와 자겠다며 침대로 오자 엄마는 "사람이 싸울
땐 둘 다 옳고, 살면서 평화롭기는 힘들다. 사람들은 평화롭
다고 거짓말을 하며 산다"고 독백처럼 말하고 눈물짓는다.

산드로는 아버지를 찾아가고 그는 어린 아들을 안고 속마
음을 털어놓으며 오열한다. 슬프고 아름다운 선율은 두 부자
가 함께 있거나 어두운 밤길을 걸어갈 때 반복적으로 흐른다.
동네 술집으로 다시 돌아온 안드레아를 친구들은 반갑게 맞
아주고 그는 다시 기타 치며 노래 부르다 쓰러진다.

어느새 다시 성탄절이 왔다. 안드레아는 회복하여 다정하게
가족들을 챙긴다. 아끼던 크리스탈 잔을 꺼내고 동료들을 초
대해 즐거운 파티를 연다. 가출했던 큰아들 마르첼로도 돌아
오고 딸 줄리아도 사위와 함께 오겠다는 전화를 한다. 기분이
좋아진 안드레아는 기타를 들고 노래하다 잠이 들 듯 눈을 감
는다.

우리네 이웃 이야기 같은, 인간냄새 나는 이 영화는 칸 영
화제와 여러 영화제에서 수상했다. 감독이 주연을 맡았으니

주인공의 마음을 더욱 잘 전달했을 거다. 피에트로 제르미 (1914~1974) 감독은 있는 그대로를 묘사하는 사실주의를 지향한, 이탈리아 네오리얼리즘(사실주의에서 한 걸음 나아가 사물의 단순한 묘사에 그치지 않고 인생의 내면적인 진리를 파악하려고 하는 예술의 경향)을 대표하는 영화감독 중 한 사람이다. 1943년 이탈리아가 연합국에 항복하고 무솔리니가 반파시스트 파르티잔에게 체포되어 처형되자, 영화감독들은 노동자 같은 하층민을 주제로 한 반자본주의적 영화를 만들었다고 한다.

음악은 이탈리아 영화음악의 또 다른 거장 카를로 루스티켈리가 맡아 영화사에 길이 남을 명곡을 남겼다. 그는 1940~90년대까지 250여 편의 영화음악을 만들었다. 그 유명한 영화 〈형사〉와 〈부베의 연인〉 OST는 한국에서도 많은 사랑을 받았다. 두 영화도 피에트로 제르미 감독 작품으로, 카를로 루스티켈리의 딸 알리다 켈리가 부른 〈형사〉 OST, Sinno me moro(죽도록 사랑해서)는 한때 팝 방송에서 자주 흘러나온 곡이다.

이탈리아 영화를 보면 높낮이 없이 딱딱하게 들리는 언어가 마치 배우들이 화가 나서 하는 말처럼 들린다. 그래서인지 배우들의 연기에서도 감정을 읽어내기가 쉽지 않고 섬세함이 없지만, 그래서 슬픔도 담담하게 느껴지는지 모른다. 몇 번의 해외여행 중 개인적으로 가장 좋았던 나라는 이탈리아다. 다시 갈 수 있다면 나는 그곳을 택할 것 같다. 그것은 아마도 내 감성과 정서에 맞는 사랑하는 음악가들이 많아서일 거다.

007음악의 거장 존 배리

　내가 즐겨 보는 영화 장르는 범죄 스릴러물이다. 마음에 잔잔한 감동을 주는 영화도 좋지만 긴장감이 없는 애정영화나 멜로물은 밋밋하고 그닥 흥미가 없다. 여름엔 추리소설을 읽으며 더위를 잊는데, 영화도 애거사 크리스티나 코난 도일, 스티븐 킹, 데실 해밋 같은 작가들의 원작을 영화화한 작품을 좋아한다. 수없이 본 영화 중 오락영화로서 완벽함을 갖춘 영화는 007시리즈라 감히 말하고 싶다. 007시리즈는 머리를 쓰는 추리물은 아니고 오락 액션영화지만 첩보물이 주는 재미가 있고 볼거리가 다양하다.

　원작자인 영국 작가 이언 플레밍은 1952년부터 제임스 본드라는 인물상을 구상하고 〈007카지노 로얄〉부터 〈옥토퍼시〉까지 14편을 썼다. 그는 긴장감 있는 스토리텔링으로 독자를 매혹했다. 60여 년 동안 24편이 영화로 제작됐고 007 이미지는 초대 제임스 본드 숀 코너리가 구축했다. 007시리즈는 세계 평화를 위한 영국 첩보원 제임스 본드의 활약을 그렸는데 서부영화처럼 권선징악이 주 내용이다. 가장 강력한 힘은 선이라 했던가. 권선징악은 보는 이에게 카타르시스를 선사한다.

제임스 본드는 살인면허를 가진 해군 중령으로 완벽한 외모와 실력을 갖춘 세계적인 스파이다. 007이라는 숫자는 요원 분류번호다. 역대 제임스 본드는 숀 코너리, 조지 레이전비, 로저 무어, 티모시 달튼, 피어스 브로스넌, 다니엘 크레이그다. 나는 그 훤칠한 미남들을 화면으로 모두 영접하는 영광을 누렸다. 당대 미인들만 출연한다는 본드 걸을 보는 것만으로도 눈이 즐거운데, 세계 각지의 풍광을 볼 수 있는 게 큰 매력이다. 여자를 좋아해서 낭패를 보면서도 여유를 잃지 않고 세계 평화를 위해 임무를 완수하는 제임스 본드는 가히 슈퍼맨이라 할 수 있다. 시대를 앞선 첨단 장비가 그를 돕는다.

007 테마음악은 영화 시작 전 총열 신에 흐르는 곡으로 박진감 있는 독보적인 선율이 마음을 사로잡는다. 오래전 한국 드라마 〈수사반장〉의 시그널을 들으면 긴박한 느낌의 타악기가 사건 내용을 궁금하게 하며 TV 앞으로 바싹 다가앉게 했

는데, 007영화가 시작되면 강렬한 전자기타의 오프닝 테마가 서스펜스를 더 하며 내용을 궁금하게 한다. 편마다 작곡가가 달라도 오프닝은 007 테마곡이 기본으로 깔린다.

영국의 영화음악 작곡가 존 배리(1933~2011)는 007시리즈의 첫 작품인 테렌스 영 감독의 〈007닥터 노〉에서 제임스 본드 테마 곡을 만들어 이름을 알렸다. 극장주인 아버지와 피아니스트 엄마 사이에서 음악공부도 하고 레코드 프로듀서로 활동하다 영화음악계에 입문했다. 이후 대부분의 007 시리즈의 음악을 만들었는데 그 중 개인적으로 관심이 갔던 영화는 테렌스 영 감독 〈007위기일발〉이다. 냉전시대의 긴장감과 분위기를 잘 살린 영화로, OST From Russia With Love는 나의 애정곡이다. 감미로운 보이스 맷 먼로가 불러 우아하면서 애상적 감흥에 취하게 한다. 뛰어난 미모의 이탈리아 출신 배우 다니엘라 비안키가 소련 첩보원 타티아나로 나와, 본드와 함께 서방세계를 위협하는 악의 조직을 궤멸시키는 역으로 매력을 뿜어냈다.

숀 코너리는 7편 〈다이아몬드는 영원히〉까지만 하고 본드를 사직했다. 이후 로저 무어가 바통을 이어받아 〈죽느냐 사느냐〉부터 〈뷰 투어 킬〉까지 맡았다. 이때부터 거구에 금속 치아를 가진 빌런이 등장해 보는 이에게 재미를 준다. 조금

생소한 배우 조지 레이전비가 출연한 〈007여왕폐하대작전〉에서 루이 암스트롱이 부른 We all the time in the world는 존 배리의 마지막 작품으로 내가 음악으로 즐겨 듣는 곡이다.

007음악은 일반 음악과는 어딘지 다르다. 발라드적인 분위기이면서 애조 띤 선율이 액션 장면과 어우러져 묘한 아름다움이 있다. 근래에 만들어진 007은 단순한 액션영화 같아서 흥미가 없다. 너무 현대적이고 세련돼서인가. 초기 007시리즈처럼 첩보물 특유의 분위기가 없고 본드 걸의 미모도 평범하고 스토리도 신선하지 않다. 다니엘 크레이그의 푸른 눈과 근육질 몸매에서도 매력을 못 느끼는 건 낭만이 없어서인 듯하다. 아마도 내가 살고 있는 지금 세상의 일들이라 궁금한 것도 새로울 것도 없어서인지 모른다. 그러나 음악만은 훌륭해서 아델이 부른 〈007스카이폴〉의 'Sky Fall'은 음악 팬들에게 꾸준히 사랑받고 있다.

한국 팬들에게 〈사랑의 은하수〉로 알려진 Somewhere in time은 존 배리의 또 다른 작품으로 슈퍼맨으로 유명한 크리스토퍼 리브와 제인 시모어 주연의 애정영화다. 그 곡은 음악방송 단골 곡으로 들을 때마다 뭉클한 감동을 준다. 시공간을 초월한 애틋한 사랑으로 크리스토퍼 리브의 다른 매력을 보여줬다. 외에도 존 배리는 〈야성의 엘자Born Free〉 〈늑대와 함께 춤을〉 〈미드나잇 카우보이〉 OST 같은 숱한 명곡을 만들었고, 모차르트 클라리넷 협주곡을 삽입해서 친숙한 영화 〈아웃 오브 아프리카〉의 OST 역시 그의 작품이다.

존 배리는 평소 클래식 작곡가 말러 곡을 틀어놓고 수영을 즐겼다 한다. 아마도 말러 교향곡 5번 4악장 아다지에토를 들으며 휴식하고 영감을 받은 건 아닐지. '나는 작곡가로서 모든 것을 나의 뜻대로 결정한다'고 말했다는 음악가는 애석하게도 2011년 77세로 우리 곁을 떠났다.

순애보 사랑
〈부베의 연인〉

1970~80년대 음악다방에서 청춘남녀들의 연애사 배경이
돼 주었던 단골 곡 중 한 곡인 〈부베의 연인〉은, 내 어릴 때
아버지의 전축에서도 자주 들리던 슬픈 곡이다. 영화음악이었
지만 내용도 모르고, 〈철도원〉처럼 음악만 친숙했던 곡이다.
1963년에 제작된 이 영화는 루이치 코멘치니가 감독을, 음악
은 이탈리아 영화음악가 카를로 루스티켈리가 만들었다. 원작
은 이탈리아 소설가로 레지스탕스 운동에도 참여한 교사 출
신 카를로 카솔라의 「부베의 여인」이라는 소설이다. 그녀는
인간의 고독과 삶의 고통을 주로 그렸다 한다. 한때 흠모했던
이탈리아 배우 클라우디아 카르디날레 주연이어서 더욱 관심
이 갔던 영화다.

제2차 세계대전 직후, 이탈리아 토스카나 지방 작은 마을에 사는 순박한 처녀 마라(클라우디아 카르디날레)의 집에 한 청년이 찾아온다. 파르티잔(한국에선 빨치산이라 불리는 저항군)으로 활동하다 나치에게 살해당한 오빠의 소식을 전하러 온 동료 부베(조지 차키리스)다. 하룻밤을 머물고 떠나며 부베는 마라에게 실크 천을 선물한다. 그가 다시 왔을 때 마라는 실크 블라우스를 자랑하며 그에게 호감을 보인다. 소식을 끊었다가 다시 오는 일을 반복하는 부베가 원망스러우면서도 마라는 그가 좋다. 사업으로 돈을 번 부베는 다시 와서 마라의 아버지에게 그녀와 약혼하겠다고 말하고 도시로 데이트를 나간다. 마라는 그에게 구두와 옷, 여자로서 갖고 싶었던 것들을 사 달라고 하며 행복해 한다.

해방위원회 소속인 부베는 오래전 파시스트 대위와 그 아들을 살해한 혐의로 도망자가 된다. 며칠간의 도피생활을 함께하고 홀로 집으로 돌아온 마라, 이미 한 남자를 사랑하게 돼 친구들과의 놀이에도 흥미를 잃는다. 부베는 해외로 도피하고 마라는 집을 떠나 다림질 가게에 취직해서 일하던 중 스태파노라는 청년을 알게 된다. 그의 끈질긴 구애에 흔들리면서도 마라는 부베를 잊지 못하고 1년째 그를 기다린다. 스태파노의 주선으로 인쇄소에 취직하게 된 마라, 그에게 마음을 열 찰나, 부베가 유고에서 입국하다 체포됐다는 소식을 듣고 면회를 간다. 부베는 눈물을 흘리며 그녀에게 보고 싶었다고 한다. 두 남자 사이에서 고민하던 마라는 스테파노에게 '나는 부베의 여인이다'고 말하며 오열하고 이별을 고한다. 마라는 부베의 재판에 참석해 증언도 하지만 그에겐 14년의 중형이 떨어진다.

마라가 2주에 한 번씩 기차를 타고 부베에게 면회를 다닌 지도 어느새 7년의 세월이 흘렀다. 마라는 기차역에서 우연히 스테파노를 만나 담담히 서로의 안부를 묻는다.

한 여자가 한 남자로 인해 인간으로, 여인으로 성숙해 가는 과정을 잘 그린 영화다. 영화 내내 익숙하고 애달픈 선율이 흐른다. 스무 살에 만나 함께한 시간은 고작 며칠이던 한 남자를 14년간 기다리는 여자, 영화여서 가능했던 걸까. 오랜 세월 지조를 지킨 마라의 마음은 사랑이었을까 의리였을까. 화인처럼 마음에 찍힌다는 남자의 첫사랑보다 더 지독하다. 그녀의 순수한 일편단심은 슬프고 아름다운 음악만큼 팬들에게 깊은 감명을 주었다. 그것은 어쩌면 쉽게 실행할 수 없는 일이기에 대리만족으로 느껴서인지 모른다.

나는 한때 클라우디아 카르디날레의 강렬한 눈빛에 매료돼

메일계정을 카르디날레로 만들기도 했다. 폐허처럼 썰렁해 보이는 동네의 순박한 시골처녀에 어울리지 않는 큰 키와, 도시적이고 화려한 얼굴을 가진 그녀, 한국배우 황신혜가 외모에 연기가 묻힌다는 말을 들었다는데 클라우디아도 그런 말을 듣지 않았을까 싶다. 외모는 여자에게 무기라지만, 그 '무기' 때문에 질시를 받거나 낭패를 보기도 한다. 영화 〈말레나〉에서 모니카 벨루치를 바라보는 동네 여자들의 적대적 눈길은 무섭기까지 하다.

대부분의 영화도 마찬가지지만 이런 영화를 보고 나면 뭔지 모를 울림으로 멍을 때리게 된다. 그리고 '추억은 과거가 아니라 현재를 말하는 거'라는 일본 에세이 작가 스가 아스코의 말을 곰곰이 생각한다.

청량한 서정, 프란시스 레이

언어가 싫으면 그 문화도 싫었다.(책은 제외)

품위 없는 언어 때문에 한때 중국이나 일본 음악을 외면한 이유였다. 유키 구라모토의 '로망스'를 처음 들었을 때 일본 사람에게 이런 감성이? 하며 놀랐었다. 이후 편견을 없애고 그들의 음악에 귀를 기울이려 노력했는데…. 중국 여배우 탕웨이 입에서 흘러나오는 말은 아름답기만 하고, 중국의 '이미자'라는 등려군 목소리는 선녀가 내린 듯하니, 한때의 순진무구한 생각으로 하마터면 일본의 류이치 사카모토 같은 대 음악가를 모르고 지나칠 뻔했다. 홍콩의 기타리스트 슈페이 양도…. 편견이 낳은 참으로 어이없는 일이었다.

프랑스어도 왠지 귀가 간질거려 좋아하는 음악은 손에 꼽을 정도다. 하지만 영화음악은 달랐다. 프랑시스 레이(1932~2018)의 영화음악을 들으면 내 가슴은 청량한 감성으로 가득 차오른다. 서사가 있는 애틋한 곡을 들으면 그 느낌은 절정에 이른다. 기타도 아니고 피아노도 아닌 신디사이저 소리가 아련한 향수를 불러일으킨다. 모든 영화를 서정적으로 느끼게 하는 프랑시스 레—프랑시스 레이는, 〈쉘부르의 우산〉 음악을 작곡한 미셸 르그랑, 〈닥터 지바고〉 OST를 작곡한 모리스 자르와 함께 프랑스 영화음악의 대가다. 그를 몰라도 영화 〈남과 여〉와 〈러브 스토리〉 OST를 모르는 사람은 없을 것이다.

〈남과 여〉는 이지적이고 강한 인상의 배우 아누크 에메(안느)와 카 레이서 장 루이 트랭티냥의 사랑 이야기다. 두 사람은 또래 아이를 둔 싱글로, 안느는 죽은 남편을 잊지 못하고 장 루이에겐 자살한 아내가 있다. 우연히 차를 타고 가면서 서로 호감을 느낀 두 사람이지만 가까워지지 못하던 어느 날, 안느는 레이스를 성공적으로 마친 장에게 고백의 전보를 보내고, 장은 몬테 카를로에서 파리까지 9시간을 달려 그녀를 만나러 간다.

바닷가에서 만난 두 사람과 아이들이 해변에서 뛰어놀 때 흐르는 곡은 단순한 듯한 남녀의 절제된 스캣이 서사를 살려주고 피아노와 드럼이 어우러져 고급스럽다. 한국 남녀 개그

맨 둘이 이마를 맞대고 눈을 깜빡일 때 흐르던 바로 그 곡, 코미디로 희화화되기엔 너무도 낭만적인 곡이다. 1966년 클로드 를르슈 감독이 만든 〈남과 여〉는 1986년 〈남과 여 20년 후〉, 2019년 〈남과 여, 여전히 찬란한〉으로 다시 만들어졌는데 1편만큼 주목은 받지 못했다. 치매에 걸려 요양원으로 찾아온 안느를 알아보지 못하는 장, 그러나 사랑하는 사람의 눈빛은 잊지 못한다고 말한다. 80대가 된 감독과 배우들이 다시 만나 만든 영화가 뭉클한 감동을 준다.(장은 2022년에, 아누크 에메는 2024년에 세상을 떠났다)

또 하나의 역작, 아서 힐러(1923~2016) 감독의 〈러브 스토리〉는 두 말이 필요 없는 작품이다. 원작자 에릭 시걸은 하버드대 교수로 재직하며 풋풋하고 청순한 대학생들의 사랑을 많이 보고 작품을 쓴 건 아닐까 싶다. 라이언 오닐과 알리 맥그로우의 진짜 같은 러브 스토리에 만인의 심금을 울린 두 곡이 있다. 앤디 윌리엄스가 불러 널리 알려진 Where Do I Begin은 피아노와 기타가 어우러져 두 사람의 애틋하고 안타까운 사랑을 잘 전달한다. 여인의 허밍이 이어지는 Snow Frolic(눈 장난)은 센트럴 파크 공원 눈밭에서의 행복한 두 연인의 모습과 어우러져 듣는 사람도 덩달아 행복해진다. 사랑에 둔감한 내 마음도 몽글해진다.

마음이 시가 되면 사랑이 시작된 걸까. 사랑이 시작되면 시인이 되는 걸까. 백혈병을 앓던 제니퍼가 '사랑은 미안하다고 말하는 게 아니다'는 명언을 남기고 죽은 뒤, 눈 내리는 텅 빈 센트럴 파크 공원 벤치에 앉아 있는 올리버의 허탈한 어깨가 슬프다.

프란시스 레이는 두 영화의 OST로 아카데미음악상을 수상했다. 그는 프랑스 니스 출신으로 아코디어니스트다. 그가 클로드 를르슈 감독을 만난 건, 세르지오 레오네 감독과 엔니오 모리코네의 만남처럼 운명이었을까. 를르슈 감독은 '몇 개의 음표가 영화의 상징이 될 것이다'는 말로 영화의 히트를 예견했다. 이후 레이는 '멜로디의 귀족'이란 칭호를 얻고, 어느 작가로부터 영화 스토리는 잊어도 음악은 기억하게 만드는 작곡가라는 말까지 듣는다.

그의 작품 중 〈러브 이즈 어 퍼니 씽〉에 흐른 곡, '어느 사랑의 종말을 위한 협주곡'은 슬프고 감미로워 한때 한국 음악 팬들에게도 사랑을 받았다. 한국인들이 애정하는 낭만적인 곡 '하얀 연인들'은, 연인들의 러브 스토리가 아니고 프랑스에서 열린 동계올림픽을 다룬 다큐멘터리 〈프랑스에서의 13일〉 테마곡이다. '하얀 연인들'이란 제목은 일본극장에서 개봉할 때 지어진 이름이라 한다. 그러고 보니 설원에서 펼쳐지는 스키와 스케이트와도 잘 어울리는 곡이다. 〈엠마누엘2〉에서는 에로티시즘조차 기품 있게 만들었고, 영화보다 음악이 익숙한 〈빌리티스〉 같은 명곡을 음악팬들에게 선사했다.

정말 누구에게나 잊지 못할 한 사람이 있을까. 프란시스 레이는 음악으로 사랑을 전하는 메신저였다. 그의 음악을 들으면 클래식 작곡가 리스트가 생각난다. 리스트는 '사랑할 수 있는 한 사랑하라'는 제목의 곡으로, 사랑에 있어 직무유기한 듯한 내 마음을 아프게 한다. 추리물과 첩보물을 선호하는 나도 애틋한 사랑영화를 보고 그 음악을 들으면 어쩔 수 없이 가슴이 젖는다. 하지만 내 사랑의 상대는 음악이다.

사랑의 기쁨
〈사랑아 나는 통곡한다 The Heiress〉

라디오에서 나나 무스쿠리의 〈사랑의 기쁨〉이 흐른다.

클래식 곡에 가사를 붙인 이 노래는 들을 때마다 사랑에 관해 사색하게 한다. 사랑의 기쁨인데 왜 슬프게 들릴까. 그 곡을 들을 때마다 드는 생각이다. 가사를 찾아보니 사랑해서 기쁜 순간이 너무 짧아 슬픔이 된 거였다. 1949년 윌리엄 와일러 감독이 만든 미국영화 〈The Heiress 사랑아 나는 통곡한다〉에는 그 곡, '사랑의 기쁨'이 줄곧 슬프게 흐른다.

1840년대 뉴욕, 권위적인 의사 슬로퍼 박사는 몇 년 전 잃은 아내를 잊지 못한다. 그에겐 딸 캐서린(올리비아 드 하빌랜드)이 있는데, 뛰어난 미모는 아니지만 나무랄 데 없는 순정한 아가씨다. 박사는 딸에게 교양을 가르치며 매력적인 여자로서의 삶을 살길 바라지만 그녀는 사교활동을 하지 않고 집에서 자수만 놓는다. 박사는 그런 딸을 안타까워하며 죽은 아내와 비교하곤 한다.

어느 날, 박사의 여동생이 집에 오고 박사는 그녀에게 캐서린을 파티에 데려가라고 한다. 무도회장 한쪽에서 어색한 포즈로 앉아 있는 캐서린에게 잘 생긴 청년 모리스(몽고메리 크리프트)가 다가온다. 그는 그녀에게 집요하게 사랑을 고백한다. 그녀의 집에 초대받아 온 그는 피아노에 앉아 '사랑의 기쁨'을 연주하는데 앞날을 예고하듯 그 선율은 슬프게 흐른다. 박사는 가난한 그가 자신의 재산을 노리고 딸에게 청혼하는 것을 간파하고 냉담하게 대한다.

두 사람은 점점 가까워지고 사랑에 빠진 캐서린은 모리스와 결혼하겠다고 하지만 박사는 그와 결혼하면 재산을 물려주지 않겠다고 한다. 어느 비 오는 밤, 두 사람은 같이 떠나기로 하는데 캐서린이 상속을 포기하겠다고 하자 모리스는 약속장소에 나타나지 않는다. 절망한 캐서린은 그제야 모리스의 마음을 알게 되고 그녀는 아버지에게 반발하는 차가운 여자가 된다. 병에 걸린 박사는 뒤늦게 자신의 잘못을 깨닫고 모든 재산을 딸에게 남기고 죽는다.

결혼도 하지 않고 자수를 놓으며 살고 있는 캐서린에게 모리스가 나타난다. 그는 변명을 늘어놓으며 또다시 열렬히 구애하고, 캐서린은 그에게 감동받은 것처럼 말하며 결혼을 위해 집으로 들어오라 한다. 모리스는 기쁨에 겨워 짐을 챙겨 그녀의 집으로 오지만 그녀는 문을 열어주지 않는다. 절망의 노크소리가 밤새 이어진다.

여자가 한을 품으면 오뉴월에도 서리가 내린다고 했던가. 순진무구한 처녀 캐서린은 거짓사랑에 상처받은 뒤 다른 사람으로 변한다. 그리고 통쾌하게 복수한다. 모리스가 떠난 뒤 허탈하게 계단을 오르던 캐서린은, 절실하게 문을 두드리는 소리를 뒤로 하고 또 다시 허탈한 표정으로 계단을 오른다. 영화 〈바람과 함께 사라지다〉에서 멜라니 역으로 외유내강 이미지를 보여준 올리비아 드 하빌랜드는 이 영화에서도 비슷한 모습이다. 무도회에서 춤 신청을 받지 못하는 매력 없는 여자에서, 아버지를 비롯한 그 누구에게도 조종당하지 않는 당당하고 성숙한 여자로 변해가는 모습을 잘 연기했다. 그 결과 아카데미 여우주연상과 골든 글로브상 여우주연상을 받았다. 영화에서 그녀의 고모는 낭만주의자로 두 사람의 도피를 독려하지만 낭만이 유죄이고 낭만이 가난을 부른다. 몽고메리 크리프트는 영화 〈젊은이의 양지〉에서도 비슷한 역할을 해서인지 그 지적이고 큰 눈에 알 수 없는 꿍꿍이가 담긴 듯하다. 이 영화는 헨리 제임스가 실제 사건을 토대로 만든 희곡〈워싱턴 스퀘어〉가 원작이다.

이 영화에 흐른 곡 〈사랑의 기쁨 Plaisir d'amour〉은 독일 출생 프랑스 작곡가 장 폴 마르티니(1741~1816)가 만든 이탈리아 가곡이다. 이 영화만을 위해 만든 오리지널 스코어는 아니지만 사랑의 존재를 생각해볼 수 있는 영화 내용에 잘 어울린다. 오르간 연주자이기도 한 그에게 불후의 명성을 안겨준 로맨스로, 영원한 사랑을 맹세한 사랑이 허무하게 변한 것을 슬퍼하는 노래가 들을 때마다 심금을 울린다.

> 사랑의 기쁨은 한순간이지만 사랑의 슬픔은 영원하죠
> 당신은 아름다운 여인을 위해 나를 버렸지만
> 그 여자는 새로운 사람을 찾아 당신을 떠났죠
> 사랑의 기쁨은 한순간이지만
> 사랑의 슬픔은 영원히 남지요

그리스 가수 나나 무스쿠리는 가사를 붙여 부른 이 노래를 자신만의 목소리로 대중화시켰다. 원곡처럼 각인된 그녀의 노래가 요즘에도 듣는 이에게 아름답고도 씁쓸한 감흥을 준다.

늑대인간의 사랑

〈나자리노〉

오래전 극장에서 영화를 봤으나 내용은 기억이 안 나고 음악만 익숙한 영화가 있다. 아르헨티나 영화 〈나자리노 The Nazareno Cross and the wolf〉다. 만들어진 지 50년이 다 돼가지만 아름답고 슬프고, 중독성 강한 선율은 지금도 귓가에 생생하고 아련한 추억을 일깨운다.

아르헨티나 어느 산골마을에는 일곱 번째 아들이 태어나면 늑대가 된다는 전설이 있다. 크루스라는 농부와 아들 여섯은 여행을 갔다가 폭풍우에 휩쓸려 죽고 만삭의 아내는 집에서 해산을 기다리는데, 그녀는 그 아이가 아들이면 늑대가 될 거라는 저주의 말을 들으며 불안해한다. 태어난 아기는 불행히도 아들이었다. 나자리노 크루스 이름으로 세례를 받은 아이는 저주가 무색하게 모두에게 사랑받는 잘생긴 청년으로 성장한다. 동네잔치에서 금발의 아름다운 아가씨 그리셀다를 만나고 두 사람은 연인이 된다. 두 사람이 사랑을 나눌 때마다 아름다운 선율이 흐른다.

어느 날 나자리노는 길을 가다가 낯선 남자를 만난다. 그는 악마의 심부름꾼으로 나자리노에게 사랑을 하게 되면 늑대가 되는 저주를 피할 수 없다고 말한다. 사랑을 멈추고 자신의 말을 들으면 많은 재물을 받고 저주를 풀 수 있다고 하지만 나자리노는 웃어넘긴다. 나자리노와 그리셀다가 바닷가에서 사랑을 나눌 때 그 남자가 나타나 마지막 경고를 한다.

보름달이 뜨고 나자리노는 늑대로 변한다. 양들이 습격을 받고 양치기와 그 아들이 죽는 사고가 생기지만 그 늑대가 나자리노인지는 알 수 없다. 동네 사람들은 그를 찾아 죽이려 하고 엄마는 아들을 살려달라고 호소하며 눈물짓는다. 낮에 사람으로 돌아온 나자리노와 그리셀다는 다시 숲에서 만난다. 그녀의 아버지는 나자리노가 늑대라며 선동하고 딸은 아니라며 울부짖는다. 긴박한 순간에도 아름답고 처연한 음악이 흐른다.

누군가의 총에 그리셀다가 맞아 다치고 나자리노는 숲을 헤매다가 어느 동굴로 떨어진다. 신비로운 음악이 흐르는 그곳은 마법사들의 아지트였다. 낯선 남자인 마왕을 다시 만난 나자리노, 마왕은 그에게 용서를 빌며 창조주에게 선함을 고해달라고 부탁한다. 나자리노의 할머니는 그에게 어디로 도망가서 새롭게 살라고 하지만 그는 그럴 생각이 없다. 이후 건강을 회복한 그리셀다가 다시 숲으로 나자리노를 찾아오고 둘이 사랑을 나눌 때 마을사람이 그리셀다를 총으로 쏘고 그녀의 아버지가 나자리노를 쏜다. 아름다운 선율이 흐르고 두 사람은 움직이지 않는다. 라틴어 아모르(사랑)에서 모르(죽음)가 탄생했듯 금지된 사랑이 죽음을 잉태한다.

늑대인간 영화의 원조인가. 이 영화 개봉 후 비슷한 소재의 영화들이 다수 등장했다. 단순히 맹수로서의 늑대가 아닌 사람을 사랑하는 늑대인간이 주인공인 영화들. 마법을 걸어놓고 순종을 요구하는, 갖은 제약으로 인간을 괴롭힌 신이나 악마는 무수히 많다. 그들은 왜 사랑을 금지시킬까. 전지전능한 신에겐 자신 외 누군가가 주인공이 되는 게 싫을 수 있고, 아름다운 사랑이 어울리지 않는, 결핍이 많은 악마에겐 질투와 시샘이 이유이지 않을까.

〈나자리노〉는 드물게 본 스페인어 영화다. 신비롭고 강렬한 영상, 과감하고 남다른 애정신이 남미영화의 매력을 유감없이 보여줬다. 이 영화의 OST 〈Soleado〉는 1972년 이탈리아의 치로 담미코가 만든 곡으로 이듬해 담미코 밴드에 의해 녹음되었다. 원곡은 남자의 허밍으로 이어지는데 독일가수 마이클 홈이 영어로 부른 노래 When a Child is born이 대중에게 익숙하다. 많은 가수들이 커버해서 불렀고 폴 모리악단과 프랑크 프루셀 악단 연주로도 유명하다. 이 영화에는 주 선율 말고도 이름다운 피아노곡이 흐른다.

사랑은 목숨을 버릴 정도의 가치가 있는가. 영화 속 두 사람은 죽음으로써 영원한 사랑을 이루었다. 젊었기에 가능했을지 모른다. 중독성 강한 선율이 귓가에 맴돈다. 〈나자리노〉는 애절하고 맹목적인 사랑을 보여준 영화이고 아름다운 음악이 남은 영화다.

비운의 왕비 〈천일의 앤〉
Anne of the Thousand days

영화 〈천일의 앤〉은 16세기 잉글랜드 국왕 헨리 8세(리처드 버튼)와 두 번째 아내 앤 블린(주느비에브 부졸드)의 천일 동안의 이야기다. 영화는 왕이 앤의 처형 서류에 사인하기 전 그녀와의 지난날을 회상하면서 시작한다.

잉글랜드 튜더 왕조 헨리 7세의 둘째아들인 헨리는 형이 일찍 세상을 떠나자 아버지의 명에 따라 형의 아내인 아라곤의 공주 캐서린과 결혼하고 헨리 8세가 된다. 그녀는 딸(메리 1세)을 낳고 아들을 낳지 못한다. 캐서린에게서 마음이 떠난 왕은 어느 날 무도회에 약혼자와 함께 온 블린 가의 둘째 딸 앤 블린을 보고 마음을 뺏긴다. 왕은 추기경이 신청한 앤과 약혼자 퍼쉬의 결혼을 허락하지 않고 그녀를 차지하려 한다. 앤은 이미 자신의 언니가 왕에게 버려져 홀로 사는 걸 알고 왕에게 냉랭하게 대한다. 앤의 집 근처에서 사냥을 하며 그녀 집에 머물게 된 헨리는 그런 그녀의 태도에 더욱 안달한다. 앤의 약혼자 퍼쉬는 다른 여자와 결혼해 앤을 자유롭게 해준다.

앤은 캐서린 왕비의 시녀로 궁에 들어오게 되고 왕은 그녀에게 더욱 집착한다. 궁에서의 사치와 권력의 맛을 알게 된 앤은 왕에게 자식을 서자로 만들기 싫다며, 왕비와 이혼하고 자신이 왕비가 되면 아들을 낳아주겠다고 한다. 앤과 결혼하기 위해 헨리 8세는 교황청을 무시하고 법을 개정해 앤과 결혼한다. 그러나 앤은 딸을 낳았고 이후 가진 두 아들도 사산한다. 애정이 식은 왕은 이혼을 원하고 충복인 크롬웰을 시켜 앤을 간통죄로 엮어 런던탑에 가둔다. 이후 왕은 앤에게 찾아와 딸 엘리자베스와 외국으로 떠나면 생활은 보장해 준다고 하지만 앤은 딸의 왕위 계승을 위해 거절하고 죽음을 택한다. 앤이 참수를 당할 때 구슬픈 선율이 흐른다. 그녀가 왕비로 행복했던 날은 천 일 동안이었다. (딸 엘리자베스는 후에 여왕 엘리자베스 1세가 된다)

헨리 8세는 부왕이 닦아놓은 안정된 왕권 위에서 군림한

호색한이었다. 다혈질에 변덕이 심하고 하고 싶은 일은 어떻게든 해내는 고집쟁이였지만, 교양이 풍부하고 운동 사냥 춤 외에도 다재다능한 왕이었다. 그러나 여섯 명의 왕비와 결혼하고 이혼을 반복한 헨리 8세는 행복하지 않았다. 아들에 집착하여 첫 아내 캐서린과 이혼하고, 법까지 개정하며 결혼한 둘째아내 앤도 아들을 못 낳아 없는 죄를 뒤집어 씌워 참수한다. 세 번째 아내인 앤 블린의 시녀 제인 시모어는 아들(에드워드 6세)을 낳은 후 죽었고, 네 번째 아내는 클레베의 공주였는데 매력을 못 느껴 첫날밤을 치르지 않고 이혼한다. 왕은 그 결혼을 주도한 충복 크롬웰을 처형시킨다. 다섯 번째는 시녀 중 한 명이었으나 간통을 저질러 참수하고, 여섯 번째는 궁정교사로 나이 든 왕을 간병인처럼 돌본 여자였다. 왕비들이었지만 그들 대부분 정결한 몸으로 남편을 맞이한 건 아니었다. 미모로 왕의 마음을 얻으려는 여인들의 욕망과 비극적인 삶에 연민을 느낀다.

1933년에 만들어진 흑백영화 〈헨리 8세의 사생활〉은 해학으로 가득하다. 배우(찰스 로튼)의 외모 때문인지 헨리를 희화화했다. 그는 그 연기로 아카데미 남우주연상을 받았다. 천일의 앤과 달리 연극무대 대사처럼 헨리의 자조적인 대사가 진지하다. 방글거리는 어린 아들을 보며 "왕의 자리에 앉으면 웃을 일이 없는데 너는 웃는구나." "젊어서의 사랑은 술 먹는 것과 같은데 나이 들어 하는 사랑은 지혜를 얻게 한다…" 헨리 8세의 사랑, 배신, 불륜, 죽음은 단순히 한 개인의 애정행각이라기보다는 정치적 상황과 맞물린 경우가 많았다. 궁정 사람들은 왕이 55세에 사망할 때까지 그가 빨리 죽기를 기도했다고 한다.

〈천일의 앤〉 영화를 만든 찰스 재럿 감독은 런던 출신으로 누벨바그의 대표 감독이었다. 배우에서 감독으로 전향한 그는 영화보다 TV시리즈물을 많이 만들었는데 그를 세상에 알린 영화 〈천일의 앤〉으로 골든 글로브 감독상을 수상했다. 이 영화의 OST는 프랑스 영화음악 감독 조르주 들르뤼(1925~1992) 작품으로, 그는 파리 음악원에서 공부하고 클라리넷 연주자로 활동하다가 1947년부터 작곡을 시작했다. 곡에 가사를 붙인 노래 '내 사랑 안녕 Farewell my love'는 앤 블린의 운명을 말하듯 애달프고 아름다운 선율이다. 피아노로 시작해 이어지는 여인의 허밍이 허무한 여인의 운명을 들려주는 듯하다. 우리 음악 '울밑에 선 봉선화'와 비슷한 도입부가 더욱 슬프다. 폴 모리 악단 연주로도 익숙한 이 곡은 영화 마지막에 앤이 참수당하는 장면에서 에필로그로 같은 선율이 흐른다. 조르주 들르뤼는 이 영화 외에도 다수의 영화음악을 만들었고 〈리틀 로맨스〉 OST는 그에게 아카데미 음악상을 안겨줬다. 그의 음악은 인간의 내면을 탁월하게 묘사했다는 평을 받는다. 그는 '음악은 인간이 소통할 수 있는 가장 보편적인 언어다'는 말을 남겼다.

프랑스가 낭만의 나라라 불려서인가. 프란시스 레이도 그렇고 프랑스 영화음악은 대체로 멜랑콜리하다. 영화 장르와 상관없이 선율이 대부분 애잔하다. 느와르 영화조차 애상적 감흥에 젖게 하는 음악들이 낭만의 여운으로 남는다.

영혼은 그대 곁에

〈Always〉

영화 내용도 좋지만 음악이 더 좋은 영화는 무수히 많다. 〈Always〉도 그런 영화 중 하나다. 감성을 울리는 노래가 어느 멜로영화의 주인공이 된 것 같은 감상에 젖게 한다. Smoke Gets in your eyes를 부르는 소프라노 키리 테 카나와의 목소리가 플래터스 노래와는 또 다른 감흥을 준다. 〈Always〉는 1989년 미국에서 제작된 영화다. 스티븐 스필버그 감독 작품으로 오드리 헵번의 마지막 작품이기도 하다. 한국에서는 '영혼은 그대 곁에'로 번안되어 TV 영화로 방영되었다. 로맨틱 판타지답게 유령이 등장하지만 선한 사람들의 사랑 얘기가 감동으로 남아 있다.

피트(리처드 드라이퍼스)는 작은 마을에서 산불을 진화하는 비행기 조종사로 일한다. 그의 작업솜씨는 능숙하지만 연인 도린다(홀리 헌터)는 늘 가슴을 졸인다. 관제탑에 근무하는 그녀는 거침없는 성격이 매력인 여자로 늘 그에게 비행을 그만두라며 종용하곤 한다. 어느 날 작업 도중 피트는 동료를 구하려다 목숨을 잃고 만다. 그는 천국으로 가는 길에 천사장 오드리 헵번을 만난다. 그녀는 피트에게 신참 비행사 테드에게 비행술을 전수해주고 오라고 명령한다. 피트는 테드 주위를 맴도는데 테드는 혼자 남아 외로워하는 도린다에게 반하고 그녀도 그에게 관심을 갖는다. 피트는 둘 사이를 방해하며 그녀가 자신을 잊지 않기를 바란다. 어느 날 대원들이 조난을 당하고 도린다는 테드의 비행기를 몰고 현장으로 가는데 옆자리엔 피트가 앉아 있다. 그의 도움으로 조난자들을 구출하고 강으로 비상착륙한 비행기에서 도린다는 비로소 피트를 본다. 그가 말한다. 이제 자기를 잊고 새롭게 테드와 행복하라고.

키 작고 남자다운 얼굴의 배우 리처드 드라이퍼스는 한때 나의 이상형이었다. 아니 그 OST, Smoke gets in your eyes 때문에 그렇게 느꼈는지도 모른다. 누군가 '그대 눈에 비친 우수'로 번안했지만 나는 '사랑이 다 타서 그 연기로 눈물이 나'

로 쓰곤 한다. 수없이 많은 뮤지션과 악단이 연주한 이 노래는, 세대를 통틀어 사랑을 아는 사람들의 가슴을 적시는 러브 발라드로 자리 잡아 어떻게 들어도 뭉클한 감동을 준다. 이 영화에선 오드리 헵번의 존재가 두드러지지 않는다. 주름진 얼굴 탓일까. 주연이 아니기도 했지만 어쩌면 대 배우의 출현이 현실적이지 않아서인지도 모른다.

이 영화에 흐르는 낭만적인 곡 Smoke gets in your eyes는 두 연인이 춤출 때와 사랑을 나눌 때 연속적으로 흐른다. 1958년 빌보드 싱글차트 1위를 차지하기도 했다. 원곡은 뮤지컬 〈로버타〉 삽입곡으로 이 곡을 처음 부른 가수는 우크라이나계 이민자 여가수 타마라로 그녀는 비행기 사고로 요절했다 한다. 이 노래를 흑인 혼성그룹 Flatters(플래터스)가 불러 세계적으로 알렸고 내 귀에까지 당도했다. 영화에서 플래터스 버전은 마지막 장면에 흐른다.

플래터스는 1950년대를 풍미하던 흑인 보컬그룹이다. 이 노래 말고도 Only you도 명곡이다. 어릴 때 그 노래를 듣고 잘생긴 백인을 연상했다가 훗날 놀랐던 기억이 있다. 텔레비전이 없던 시절, 심취했던 라디오 드라마의 여자 주인공을 맡은 성우의 얼굴을 확인했을 때와 같다고 할까. 나는 인종차별주의자가 아니고 그저 어린 마음에 신기했을 뿐이다. 좋은 목소리의 주인공은 모두 미남미녀로 생각하던 때였으니 그 느낌은 어쩌면 당연한 현상일 거다. 그들뿐 아니고 자니 마티스, 냇 킹 콜 같은 몇몇 흑인가수들도 마찬가지였다.

어디서 무얼 하건 이 노래가 나오면 나는 '동작 그만'이다. 노래가 끝날 때까지 멍을 때린다. 간혹 노래주점에 갔을 때 나는 폼을 잡고 이 노래를 부르기도 한다. 누군가는 분위기 있다며 박수를 치기도 하지만 흥겨운 분위기를 흐릴 뿐 나 혼자만의 감흥에 젖곤 한다. 내 마음 속 영원한 가을노래, 사랑이 다 타고 나면 그 연기 때문에 눈물이 나…

별을 비추는 별
〈라디오 스타〉

배우를 보고 영화를 보는 내게 〈라디오 스타〉는 그리 매력적인 영화는 아니었다. 주연배우도 좋아하는 배우가 아니었고 큰 관심이 없었다. 영화를 보게 된 건 좋은 영화라고 끊임없이 들리는 입소문과 순전히 그 OST 〈비와 당신〉 때문이었다. 쓸쓸함을 장착한 노래가 들을 때마다 내 인생 곡인 양 가슴을 울린다.

1988년 '비와 당신' 노래로 가수왕도 하고 최고의 인기를 누렸던 가수 최곤(박중훈)은 마약사건과 폭행사건으로 무대에서 사라지고 만다. 그의 곁에는 20년 간 그를 지켜준 매니저 박민수(안성기)가 있다. 미사리 카페에서 '불륜커플'들 상대로 노래하는 신세로 전락한 최곤, 자신을 모욕하며 팁을 주는 손님을 폭행해 사고를 친다. 매니저는 합의금을 마련하기 위해 뛰어다니다가 지인인 방송국 국장을 만나 사정을 얘기한다. 국장은 최곤이 강원도 영월 라디오 방송국에서 디제이를 하면 돈을 주겠다고 제안한다.

영월에서 '최곤의 오후의 희망곡' 타이틀로 어설픈 디제이 생활을 하게 된 최곤, 피디의 선곡을 무시하는 등 제멋대로 오만방자한 방송을 하던 그는, 어느 날 음악 부스까지 커피를 배달하러 온 동네다방 김 양에게 마이크를 주며 하고 싶은 말을 하라고 한다. 김 양은 동네 아저씨들에게 외상값을 갚으라고 말한 뒤, 엄마를 부르고 자신이 집 나온 얘기를 하며 훌쩍인다. 그 순간 각자의 일을 하며 방송을 듣던 청취자들은 울컥한 감동을 받는다. 그런 식의 인간적인 방송이 인기를 끌며 최곤은 영월에 있는 록밴드(노브레인)의 요청으로 공개방송까지 하게 된다.

국장은 최곤을 서울로 불러들일 생각을 하는데, 몸값이 오른 최곤과 직접 계약하려는 사람이 나타난다. 그는 박민수에게 최곤을 떠나면 계약하겠다고 한다. 곤이를 위해 민수는 아내의 김밥집을 도와야 한다고 핑계를 대며 그를 떠난다. 홀로 남은 최곤은 외로워하며 급기야 방송에서 그를 찾는다. "형, 듣고 있어? 형이 그랬지, 저 혼자 빛나는 별은 없다고, 와서 좀 비춰주라"며 오열한다. 버스에서 김밥을 먹다가 방송을 들은 민수는 허탈한 표정을 짓고, 최곤 팬클럽 회장이던 민수 아내는 당장 그에게 돌아가라고 한다. 장대비가 내리는 날, 곤이를 찾아온 민수는 최곤에게 커다란 우산을 씌워준다.

두 사람의 우정은 가족 이상의 끈끈함으로 이어져 있다. 한 사람이 빛나려면 누군가의 희생이 따르는데 민수는 철없는 곤이를 위해 아낌없이 인생을 바친다. 안성기의 연기는 큰 감동을 주었다. 영화 속 박중훈은 주민들을 게스트로 출연시켜 진솔한 얘기를 하게 하여 청취자들에게 감동의 눈물을 흘리게 하고 가족의 소중함, 일상의 소중함을 전해줬다. 진정한 '라디오 스타'가 아닐 수 없다. 영화를 통해 이준익 감독의 따뜻한 내면을 엿볼 수 있어 좋았다.

'비와 당신'은 지금은 세상을 떠난 음악감독 방준석이 가사와 곡을 만든 감성발라드다. 전자기타 반주가 화려함을 벗고 애절하게 흐른다. 비가 올 때마다 떠오른 옛 사랑의 기억과 슬픔이 묘사된 노래이고 영화 내용과는 무관한 것처럼 들리지만, 퇴물이 된 가수 최곤의 현재 감정을 잘 전달했다. 방준석 음악감독은 그 자신 '유 앤 미'라는 록 밴드로 활동을 시작하여 클래식, 국악까지 아우르는 영화음악을 다수 만들었다. 그 결과 청룡영화상 두 번, 대한민국영화대상을 수상한 실력파다. 그는 '좋은 소리를 좋은 의도로 음악에 실어야한다'는 생각으로 정성을 기울여 음악을 만들었고, 위암 투병중에도 노자와 장자 외 많은 독서로 삶에 대해 깊은 성찰을보여주는 음악가가 되었다. 그런 감성과 철학으로 만든 노래중 하나가 〈비와 당신〉이다.

한때 노래방에 가면 나는 이 노래를 부르곤 했다. 가사가주는 쓸쓸함이 감성을 울리기 때문이다. 삶도 사랑도 한 고비건너온 중 장년들의 감성을 잘 표현한 노래…, 어쩌다 라디오에서 이 노래가 나오면 따라 부르며 감정을 잡는데 그것은 비오는 날 노래가 나오기 때문이다. 어쩌면 노래를 만든 사람이이 세상에 없어서 더욱 쓸쓸하게 들리는지도 모른다.

> 이젠 당신이 그립지 않죠. 보고 싶은 마음도 없죠
> 알 수 없는 건 그런 내 맘이 비가 오면 눈물이 나요
> 이젠 괜찮은데 사랑 따윈 저버렸는데
> 바보 같은 난 눈물이 날까…

미를 좇아

아네스 바르다의 해변

그녀라면 이 해변에서 무얼 했을까.

제주 서귀포 표선 해비치 해변의 선 베드에 누워 나는 그녀를 생각했다. 한적한 바닷가에서 다양한 포즈로 사진을 찍는 사람들을 보며 아네스 바르다를 떠올린 건 당연한 일인지 모른다. 흰 모래사장 아닌 검은 화산석이 펼쳐진 해변에서는 어떤 작품을 만들지. 투명한 스카이 블루이던 그리스 크레타 섬 바다를 만났다면, 푸른 잉크를 풀어놓은 듯 짙은 코발트블루이던 몰타의 해변에서는 또 어떤…. 바다는 그저 바라보는 걸로 알던 내게 해변 예술가 아네스 바르다는 아름다운 충격이었다.

벨기에 태생 프랑스 영화감독 아녜스 바르다(1928~2019)는 프랑스 누벨바그(새로운 물결이란 뜻으로 1950년대 후반에 시작되어 1962년에 절정에 이른 프랑스의 영화운동이다) 세대를 대표하는 여성 감독이다. 〈아녜스 바르다의 해변〉은 그녀가 80세 생일을 맞아 자신의 삶을 되돌아보는 다큐멘터리 형식의 영화다. 평생 해변 가까이 살아온 그녀의 인생에서 해변은 상징적인 곳이다. 모든 장면에 바다가 있다. 장면 하나하나가 움직이는 그림 ─ 미디어 아트 전시회를 보는 듯 아름답다.

그녀는 유년기를 보낸 벨기에 해변 모래사장에 거울을 설치해 자신만의 시선으로 바다와 파도와 사람을 담는다. 주민들과 가족을 출연시킨 해변 전시장에서의 작품들은 하나하나가 수식이 필요 없는 예술이었다. 바닷가에서 흰 러닝셔츠와 바지차림으로 아크로바틱 동작을 하는 남성들의 구릿빛 몸은 건강한 아름다움을 선사했다. 그녀를 잘 아는 지인들은 생일 선물로 꽃 대신 빗자루를 선물한다. 그 빗자루를 타고 하늘로 날아오를 것 같은 예상을 깨고(웃음), 그 오브제는 또 하나의 예술이 된다. 나이 든 그녀가 센 강에서 홀로 작은 보트를 타고 노를 저으며 추억을 회상하는 장면은 마치 시간을 되돌아가는 여정인 듯 조금은 기묘하고 비현실적으로 보인다.

젊은 시절, 3년 정도 아작시오 해변에서 어망을 수선하는 뱃일을 하기도 하고 여인들의 권리를 위해 그들과 함께 시위를 하기도 한 그녀는, 중국과 쿠바에서도 체류하며 그곳의 해변에서도 추억을 만든다. 사진학교에 들어가 본격적인 공부를 한 그녀는 언어만으로 부족해 이미지를 추가해서 영화를 만들게 됐다. 그녀는 자신의 영상언어를 '시네크리튀르'라 명명했다. 이 말은 이미지와 언어의 결합으로 영화가 일종의 '쓰기'임을 말한다. 그녀의 영화는 영상으로 쓴 시다. 문학과 미술을 사랑한 그녀의 작품에는 감각적인 재치와 따스한 유머가 담겨 있다. 나희덕 시인은 자신의 책 「예술의 주름들」에서 바르다가 현실과 재현, 사실과 허구, 과거와 현재, 움직이는 것과 움직이지 않는 것 등을 섞어 뒤섞거나 병치하는 것을 즐겨 한다고 썼다.

바르다는 영화감독인 남편 자크 드미(1990년 사망)를 만나 그와 평생 바다와 미술관을 다니며 영화인으로서의 삶을 함께 했다. 두 사람은 각각 황금사자상과 베니스영화제 대상, 칸 영화제 황금종려상을 수상했다. 다큐멘터리 영화 〈아녜스 바르다의 해변〉에 등장하는 인물은 족히 수십 명이다. 샹송가수제인 버킨과 작곡가 세르쥬 갱스브루 부부, 배우 카트리느 드뇌브, 영화음악 작곡가인 미셸 르그랑, 프랑스 추기경 장 빌레르, 배우 제라르 필립, 해리슨 포드, 알랑 들롱, 로버트 드 니로, LA에서 우정을 나눈 가수 짐 모리슨까지…. 잠깐씩이지만 화려한 인맥을 보여주는 인터뷰 장면에서 소리 없는 발성을 하며 미소를 짓는 당대 스타들의 모습은 과거의 존재들처럼 아련했다.

"벽의 반대말은 해변이에요. 나를 열면 해변이 보일 거예요."

해변에서 슈베르트 미완성 교향곡이 흐른 건 무한한 그녀의 예술세계의 은유가 아니었을지. 남편 사망 후 흰 두건에 흰 옷을 입고 뒷모습을 보이고 앉아, 나무탁자 위에 놓인 작은 라디오에서 흐르는 바흐의 〈예수 인간 소망의 기쁨〉을 듣는 장면은 마치 해탈한 늙은 수녀의 모습처럼 인상적이었다. 〈예수 인간 소망의 기쁨〉은 독실한 프로테스탄트 신자인 바흐에게는 기도 같은 곡이라 한다. 평생 교회에서 오르간을 연주하며 생활한 바흐는 300여 개의 교회 칸타타를 만들었다. 이 곡은 바흐 스스로 들으며 신앙심을 다진 곡이라 한다. 바르다가 기독교 신자인지는 아는 바 없지만 추모 곡으로 그 곡을 듣는 마음은 바흐의 마음과 같지 않았을까.

프루스트는 "예술에 의해서만 우리는 자신의 바깥으로 나갈 수 있고 다른 사람들이 이 우주에서 무엇을 보고 있는지 알게 된다"고 「잃어버린 시간을 찾아서」에서 말했다. 대부분의 사람들은 사물(현상)을 보이는 대로 보지만, 예술인들은 자신의 밖으로 나가서 보고 싶은 대로 보는 사람들이라 한다. 아녜스 바르다는 숙명 같은 장소인 해변에서 자신만의 세계를 보여줬고 삶 속 모든 일상을 예술로 승화시켰다.

한때 예술가는 외모도 뛰어나야 한다고 믿던 때가 있었다. 그녀는 늙고, 왜소하고, 바가지를 엎어놓고 자른 듯한 독특한 머리 스타일이 조금 특별한 느낌을 줄 뿐, 아름다움과 연결되지는 않는다. 손자들을 끼고 앉아 기묘한 옛 얘기나 들려줄 것 같은 외모 그 어디에 예지가 숨어 있는지 놀랍기만 하다. 그녀를 보며 보이는 게 다가 아니라는 진리를 되새긴다.

신은 인간에게 각기 다른 역할을 준 듯하다. 너는 그림을 그려라, 너는 노래를 불러라, 너는 춤을 추어라, 너는 죽을 때까지 등에 칠판을 지고 다녀라…. 해비치 해변에 누운 내게 너는 음악만 들으라고 누군가 속삭이는 듯하다.

네루다의 우편배달부

오전 11시 정각이면 라디오 음악 FM에서 영화음악 시그널이 흐른다.

애잔하고 시정 어린 그 하모니카 음률은 불세출의 영화음악 〈일 포스티노〉 테마곡이다. 그 곡을 시작으로 다양한 영화음악이 분위기 있는 목소리를 가진 진행자의 해설과 함께 한 시간 동안 흐른다. 그 음악을 들을 때마다 나는 시인 파블로 네루다에게 초록빛 메타포를 안겨주던 이슬라 네그라의 바다로 가고 싶어진다.

이슬라 네그라는 칠레 산티아고에서 120킬로미터 떨어진 작은 해안마을이다. 가난한 어부의 열아홉 살 아들 마리오 히

메데스는 일을 찾으라는 아버지의 말에 따라 구인광고가 붙은 우체국으로 간다. 유일한 직원이자 우체국장은 마리오에게 자전거가 있는지 물어보고 우편배달부로 채용한다. 그는 편지의 수신인은 시인 파블로 네루다라고 말한다. 사회주의자로 정부에서 추방돼 바다를 벗 삼아 창작할 곳을 찾던 네루다가 마을 외딴 집에 정착하면서, 그에게 하루에도 많은 양의 편지가 도착하기 때문이다.

순박한 우편배달부 마리오는 네루다의 편지를 배달하게 되면서 그의 시를 읽게 되고 시인과 우정을 쌓는다. 시인은 그에게 메타포의 뜻을 가르쳐주려고 비를 '하늘이 우는 것'이라고 알려준다. 마리오는 동네주점의 매력적인 소녀 베아트리스에게 구애하려고 시인에게 도움을 청한다. 그가 거절하자 '시는 쓰는 사람의 것이 아니라 읽는 사람의 것'이라 말하며 종용한다.

모친의 온갖 방해공작에도 불구하고 이미 마리오의 '메타포'에 홀린 소녀는 그에게 빠지고 두 사람은 결혼에 골인한다. 서민들과 격의 없이 어울리고 비틀즈 노래에 맞춰 춤을 추고…, 그렇게 주민들과 지내던 네루다는 친구인 아옌데가 집권하자 프랑스 파리대사로 임명돼 동네를 떠난다. 결혼 후 장모의 식당에서 일하게 된 마리오는 당근 껍질을 벗기고 양파에 눈물을 흘리면서 시인을 보러 가기 위한 돈을 모은다.

어느 날, 마리오는 이슬라 네그라가 그립다는 네루다의 편지와 녹음기를 받는다. 마리오는 그를 그리워하는 마음으로 시를 써서 보내고 녹음기에 종소리, 파도소리, 갈매기소리, 벌들의 윙윙거림, 막 태어난 아들의 울음소리를 녹음하여 보낸다. 그는 시인과 자신의 이름을 넣어 아들 이름을 짓는다. 마리오는 스톡홀름에서 노벨상 수상에 감사인사를 하는 네루다의 모습을 TV에서 보며 마을사람들과 축하잔치를 벌인다.

얼마 후 칠레에 쿠데타가 발발하고 피노체트가 집권한다. 네루다는 병이 들어 소리 없이 외딴집으로 돌아온다. 군인들은 네루다의 집에 바리케이드를 치고 감시한다. 마리오는 몰래 시인의 집으로 들어가 여러 나라에서 온 전보 내용을 알려준다. 시인은 마리오에게 자신의 병세를 '상처는 우물처럼 깊지 않고 교회 문처럼 넓지 않다'고 표현한다. 그리고 그의 부축을 받아 창가로 가 검은 바다를 응시한다. 그는 병원으로 실려 가지만 곧 사망한다. 네루다의 죽음 후 마리오도 경찰에 연행돼 실종된다.

이 소설의 원작자인 안토니오 스카르메타는 신문사 문화담당 기자로, 소설을 쓰고 싶어 하지만 뜻대로 안 돼 우울한 나날을 보낸다. 편집장은 그런 그에게 이슬라 네그라에 가서 네루다의 사생활을 취재해 오라고 한다.

그는 낮에는 네루다 기사를 쓰고 밤에는 바다의 속삭임을 들으며 소설을 구상한다. 그를 만난 네루다는 자신이 사랑하는 여인은 현 아내 마틸다 뿐이라며 가십거리가 없음을 알려준다. 그는 시인의 집을 기웃거리며 이 소설의 등장인물들을 알게 된다. 소설이 나오기까지 14년 동안 마리오의 아내 베아트리스 곤살레스가 종종 그를 찾아와 남편의 이야기를 써주기를 원했다 한다.

나는 깔끔하면서도 길게 여운이 남는 이 소설에 반했다. 진한 감동과 재치, 해학 넘치는 성 묘사, 순수함이 빚어낸 이야기들로 읽는 내내 유쾌한 폭소를 터뜨렸기 때문이다. 작가는 이 작품을 연극과 드라마, 영화로도 만들었는데 그는 탱고와 팝송, 자전거를 좋아하고 셰익스피어를 낭송하며 살았다 한다.

소설을 영화화 한 〈일 포스티노〉의 테마곡을 만든 사람은 부에노스 아이레스 출신 음악가 루이스 바칼로프다. 엔니오 모리코네와 쌍벽을 이루는 영화음악 작곡가인 그는 이 곡으로 1994년 아카데미 음악상을 수상했다. 이외에도 〈장고〉, 그 유명한 뉴트롤스의 아다지오, 〈서머타임 킬러〉 OST를 만든 장본인이다. 네루다 역엔 〈시네마 천국〉의 필립 느와레가 맡았다. 경쾌한 하모니카와 애수 어린 아코디언이 서정적인 멜로디를 연출한다. 재미있는 건 이탈리아 영화인데 장소는 칠레, 감독은 영국인 마이클 레드포드라는 사실이다.

〈일 포스티노〉 OST는 들을 때마다 현실을 잊게 하고 감성을 일깨워 이슬라 네그라의 초록빛 바다로 달려가고 싶게 만든다. 아름답고 또 아름다운 그 음악을 듣기 위해 나는 매일 오전 11시에 라디오 볼륨을 높인다.

미라보 다리의 그녀 - 마리 로랑생 -

어스름이 안개처럼 스미는 저녁, 한 남자가 미라보 다리 난간에 기대어 흐르는 강물을 하염없이 바라본다.

1860년 경 노르망디 작은 어촌마을에 살던 스무 살 처녀는 꿈을 안고 파리로 오지만 그녀를 기다리는 건 아무것도 없다. 생존을 위해 가정부와 식당 종업원을 전전하던 어느 날, 외로움과 삶에 지친 그녀에게 한 유부남이 나타나고 둘은 사랑에 빠진다. 이후 그녀는 딸을 낳고 숨겨진 여인으로 조용히 살게 된다.

세월이 흐르고 그 딸은 어엿한 성인이 되었다. 아버지 없이 외롭게 성장한 딸 마리 로랑생은, 교사가 되어 조용히 살기를

바라는 어머니의 뜻을 외면하고 '아카데미 앙베르'라는 회화
연구소에서 그림공부를 시작한다. 그녀는 젊은 예술가들의 아
지트인 '세탁선(Le Bateau Lavoir)'이라는 공간에서 활동하
며 피카소, 마티스, 장 콕토, 모딜리아니 같은 사람들과 교류
한다. 그녀는 어느 파에도 속하지 않은 자신만의 개성을 살린
그림을 그리며 서서히 입지를 굳혀가는데 '몽마르트르의 뮤즈'
로 불리던 그녀에게 명사들의 초상화 주문이 쇄도한다.

그 즈음 마리는 피카소의 소개로 만난 시인 기욤 아폴리네
르와 사랑에 빠진다. 아폴리네르 역시 사생아였다. 두 사람은
서로의 처지를 연민하며 영혼의 동반자가 된다. 그러나 아폴
리네르가 루브르박물관에 전시돼 있던 '모나리자 절도사건'에
연루되면서 두 사람의 사랑도 식는다. 마리가 그를 떠난 것이
다. 그녀에겐 이별의 이유가 필요했던 걸까. 5년 여 동안 사귄
연인을 오해하여 떠났다는 게 쉽게 이해되진 않는다.

그녀가 떠난 후 아폴리네르는 친구인 샤갈에게 찾아가 술
을 마시며 괴로움을 토로한다. 저녁이 되어 집으로 돌아가던
중 그는 미라보 다리에 기대어 흐르는 강물을 바라본다. 많은
샹송가수들이 노래로 부른 시 〈미라보 다리〉가 탄생하는 순
간이다.

미라보 다리 아래 센 강이 흐른다

우리 사랑을 나는 다시 되새겨야만 하는가

기쁨은 언제나 슬픔 뒤에 왔었지

아폴리네르는 마리를 생각하며 그 시를 썼지만 그녀가 유일한 사랑은 아니었다. 마리는 단지 그의 마지막 사랑이었을 뿐이다. 그와 헤어진 후 마리는 독일 귀족과 결혼한다. 그러나 제1차 세계대전이 발발하면서 부부는 스페인으로 망명한다. 이후 남편은 술독에 빠지고 부부생활엔 검은 구름이 낀다. 마리는 개와 고양이를 곁에 두고 외로움을 달래며 고국을 그린다. 우울한 내면을 대변하듯 그때 그녀의 그림엔 회색배경이 많았지만 점차 화폭을 핑크색으로 물들이며 희망을 그린다.

전쟁이 끝나고 파리로 돌아온 마리는 독일에 가 있던 남편과 이혼한다. 그의 술 문제가 이유라 하지만 이미 연소된 사랑의 불꽃이 결혼생활에서 다시 살아날 수 있었을지는 의문이다. 그 사이 전쟁터로 떠난 아폴리네르는 전쟁으로 인한 마음의 상처와 머리 부상으로 38세라는 짧은 생을 마감한다.

'나를 열광시키는 것은 오직 그림이며 그림만이 영원히 나를

괴롭히는 진정한 가치이다.'

그의 죽음 후 마리는 슬픔을 달래며 작품에 몰두한다. 그림
뿐 아니라 패션과 도서 일러스트에도 재능이 있던 그녀는 러시
아 무용단의 의상을 제작하고 무대장치를 연출하는 등 왕성하
게 활동하다가 1956년 72세 때 심장마비로 세상을 떠난다.

예술의 전당 한가람 미술관에서 그녀를 만났다. 1883년 프
랑스 파리에서 태어나 화가와 시인으로 활동했던 마리 로랑
생. 작품들은 청춘시대, 열애시대, 망명시대, 열정시대의 섹션
으로 나뉘어 전시돼 있었다. 각 섹션마다 벽 색깔이 다른 것
은 작품 하나하나를 소중히 여기는 전시자의 정성으로 보였
다. 도슨트의 설명을 들으며 그녀의 작품과 인생을 들여다보
았다.

선이 가늘고 핑크와 그레이, 블루를 주조로 한 파스텔 색
감의 작품들에서 100년 전 그림이라 믿어지지 않을 만큼 세
련되고 감각적인 심미안을 엿볼 수 있었다. 여자와 소녀, 꽃과
동물들이 사각의 틀 속에서 몽환적인 아름다움을 풍겼다. 차
분하고 섬세한 느낌이 예술가로서, 한 여성으로서의 오묘한
내면을 말해주는 듯했다.

아버지의 존재 때문이었을까. 남자에 대한 거부감일까. 그녀의 그림엔 남자가 없다. 그래서인지 동성애자가 아닐까 하는 의혹도 받았다 한다. 연애와 결혼, 전쟁, 망명, 그리고 이혼을 겪으며 그녀의 작품세계는 점점 깊어진다. 빼어난 미인은 아니지만 개성이 강하고 어딘지 사색적으로 보이는 얼굴의 그녀는 「밤의 수첩」이라는 문집을 내기도 했는데, '잊혀진 여인'으로 번안된 그녀의 시 「진정제」 Le calmant는 나를 포함한 한국인의 애송시가 되었다.

그림 뒤로 슬픔과 고독, 착잡한 내면을 화폭에 투사하며 색채와 씨름하는 한 여인이 보인다. 미를 사랑한 그 예지의 여인을 떠올리며 연민의 감정이 솟았다. 세상에서 가장 불쌍한 여인이 '잊혀진 여인'이라 했던가. 그러나 그녀, 마리 로랑생은 잊히지 않았다.

맥베스, 그 욕망의 끝

동네 근처 아트 홀에 멕베스 왕이 행차했다.

영상으로 보는 '시네 오페라'지만 기꺼이 영접했다. 셰익스
피어 원작에 베르디가 작곡하고 프란체스코 마리아 피아베가
대본을 썼다. 멕베스 역에는 바리톤 플라시도 도밍고가, 그의
아내 레이디 멕베스 역엔 러시아 소프라노 안나 네트렙코가
맡았다. 지휘는 다니엘 바렌보임이 맡았으니 화려한 출연진이
다. 평소 억지 노래(대사)를 듣지 않겠다는 이상한 강박으로
기피하던 오페라와 뮤지컬이었다. 대형 화면과 스피커에서 전
해지는 오페라는 생생한 감은 없어도 음악과 내용을 이해하
는 데 큰 지장은 없었다. 셰익스피어 4대 비극 중 흔하게 공연
되지 않는 〈멕베스〉는, 귀에 착 감기는 아리아는 없었지만 실

시간 자막으로 보이는 문학적인 대사들로 지루할 틈 없이 몰입할 수 있었다. 오페라 평론가의 해설이 도움이 됐다.

스코틀랜드 장군 멕베스는 동료 뱅쿠오와 노르웨이 전투에서 승리하고 돌아오는 길에 포레스 근처 벌판에서 마녀들을 만난다. 그녀들은 멕베스에게 코더의 영주가 되고 곧 왕이 될 거라 예언하는데 뱅쿠오의 자손도 왕이 될 거라는 말을 하고 사라진다. 마녀들이 남긴 '아름다운 것은 더럽고 더러운 것은 아름답다'는 말은 미래의 일들을 시사한다. 이 소식을 들은 멕베스 부인은 덩컨 왕이 행차하여 하룻밤 자신들의 집에 머물게 되자 심약한 남편을 부추겨 왕을 시해하고 시종들에게 죄를 덮어씌운다. 왕자들은 도망치고 시종들은 억울한 죽임을 당한다. 그렇게 멕베스는 왕이 되지만 죄책감과 두려움으로 괴로워하는 나날이 이어진다. 그가 부른 아리아 〈잠을 죽였다〉는 앞으로의 나날에 평화가 없음을 의미한다. 공포와 절망에 갇힌 채 자리를 보전하기 위해 뱅쿠오마저 죽이고 살인을 거듭하는데 멕베스 부인도 가책에 시달리다 실성해 죽고 만다. 그녀가 몽유병에 걸려 흰 잠옷을 입고 손을 비비며 부른 〈아직도 여기 핏자국이〉는 처절하다. '아라비아 향수로도 지울 수 없는 피 냄새…'

맥베스에게 가족을 잃은 맥더프 영주는 왕자와 함께 군사를 이끌고 쳐들어오고 맥베스는 그의 칼에 죽임을 당한다.

맥베스는 11세기에 실존했던 인물이라 한다. 왕의 충직한 신하였으나 마녀들과 아내의 유혹에 넘어가 악인이 된다. 당대의 사고방식으로는 왕위를 찬탈하는 행위는 자연 질서를 파괴하는 행위였다. 왕권을 하늘로부터 온 것이라는 '왕권신수설'이 지배적이었기에 맥베스의 왕위 찬탈은 그 자체로 죄악시되었다. 이 작품에서 악의 근원은 마녀들일까 아니면 레이디 맥베스일까. 인간 내면에 깊숙이 자리한 욕망이 아닐까 생각한다. 악행을 저지르고 괴로워하는 건 교회에 가서 회개하는 것과 같은 건 아닐지. 죄를 짓고는 살 수 없다는 작품의 메시지가 현대인에게 진부하게 와 닿을지 모른다.

셰익스피어는 희곡의 대가답게 인간의 내면 묘사에 탁월했다. 인간에 대한 심오한 통찰을 잘 묘사했다고 알려진 그는, 맥베스를 관객으로 하여금 악인이면서 연민을 느끼게 하는 인물로 그렸다. 맥베스가 단순히 악인으로만 그려졌으면 문학 작품이 아닐 것이다. 마녀들의 예언은 적중했지만 비극으로 끝난 맥베스의 삶이 운명의 호의를 믿지 말라는 경고일 수도 있다고 평론가는 말한다.

오페라의 매력은 서사일까 음악일까. 대사에 음을 붙인 아리아는 그저 대화일 뿐 영혼 없이 들리기도 하지만, 주인공이 자신의 심연 깊숙한 감정을 고백하며 진심을 다 해 부르기에 관객의 심금을 울리기에 충분하다. 감탄을 자아내게 하는 대사도 매혹이다. 이 오페라에는 사랑 이야기가 없다. 그렇고 그런 사랑타령이 아니어서 개인적으로 더 끌렸다. 베르디는 멕베스 부인 역에 음색이 거친 소프라노를 기용했는데 분노와 격정을 표현하려면 고운 음색보다는 거친 음색이 어울린다고 생각했다 한다. 그는 오페라마다 성악가의 목소리를 뒷받침하는 악기를 선정했는데 잉글리쉬 호른이 그것이다. 그러나 그 소리는 여간한 '귀'와 선입견 없이는 들을 수 없다.

레이디 멕베스 역의 안나 네트렙코는 풍성한 몸매와 강한 인상, 힘 있는 목소리가 그 탐욕스런 역할에 잘 어울렸다. 한때 성 추문으로 물의를 일으킨 도밍고와, 병든 아내를 두고 다른 여인과 사랑을 한 지휘자 다니엘 바렌보임, 두 사람을 선입견 없이 음악인으로만 보려고 노력했다. 팔순이 다 된 도밍고는 두 시간 넘게 특유의 부드러운 음색으로 추락한 영웅 멕베스를 잘 표현하여 노익장을 과시했다. 우리 성악가 연광철이 '뱅쿠오' 역으로 나와 신선했다. 그가 베를린 슈타츠 오퍼 국립오페라단 단원이니 당연한 일이다.

셰익스피어가 차용한 실제 〈홀린셰드의 연대기〉에서는 뱅쿠오도 왕 시해에 가담한 인물로 나온다 하는데 각색의 이유는 알 수 없다. 이번 작품에서 불타는 전쟁터와 폐허, 음울한 회색 톤의 무대배경이 극의 내용을 잘 살렸지만 인물들의 의상이 시대에 맞지 않고 현대적이어서 실망스러웠다. 투피스를 입은 왕비라니….

베르디는 셰익스피어에 심취했고 4대 비극을 모두 오페라로 만들려 했지만 뜻을 이루지 못하고 열과 성을 다 해 멕베스를 만들었다고 한다. 절친 프란체스코 마리아 피아베와 함께 대본을 각색하며 작업한 기간이 6개월이라고 전해진다. 그가 작가에게 했다는 '우리가 대작은 못 만든다 해도 일상은 피해봅시다'는 말은 글 쓰는 입장에서 많은 울림을 준다.

셰익스피어는 '인생은 걸어 다니는 그림자, 무대 위에 있을 땐 뽐내며 떠들지만 시간이 지나면 말없이 사라지는 가련한 배우일 뿐'이라고 말했다. 희곡작가답게 통찰 깊은 말이다. 토마스 칼라일이 〈영웅숭배론〉에서 "영국은 넘길 수 있어도 셰익스피어는 못 넘긴다"는 말을 왜 했는지 알 것 같다. 그의 말처럼 우리 모두는 인생이라는 연극무대에 선 배우일 뿐이다.

재즈 음감회

요즘 재즈를 자주 듣는다. 클래식과 팝, 영화음악은 꾸준히 듣고 있지만 재즈에 대한 관심과 지식은 적었다. 내가 좋아하는 재즈 뮤지션은 한국의 말로와 박성연, 엘라 피츠제럴드, 마할리아 잭슨, 니나 시몬 정도였다. 일 년 전쯤 인터넷 재즈밴드에 가입하고 음악을 들으면서 많은 뮤지션과 곡을 알게 됐다. 그 중 웨스 몽고메리 기타에 푹 빠졌다. 그는 1966년과 69년에 그래미상 재즈부문에서 수상한 기타리스트이다. 아내를 위해 자주 연주한다는 그의 핑거링은 뭔가 따스하다. 그리고 재즈곡에서 각별하게 들리는 찰리 헤이든의 콘트라베이스를 좋아한다.

재즈음악을 듣는 밴드에서는 2018년 4월부터 성북동에 위치한 리홀 뮤직갤러리에서 장르별로 재즈음악 감상회를 가져왔다. 밴드에 가입한 지 일 년쯤 됐지만 멀어서 포기하곤 했던 그곳을 작심하고 찾았다. 10월엔 그 마지막 순서로 '영화 속 재즈'였다. 귀차니스트인 내가 버스를 두 번씩 갈아타고 그 먼 곳을 찾아간 이유는 오직 음악에 대한 욕심 하나였다. 갤러리는 성북동 한적한 동네에 신기루처럼 하얗게 자리해 있었다. 입구에서부터 음악과 관련한 소품들과 축음기가 마음을 설레게 했다. 꽤 넓은 공간 양 벽에 빽빽하게 엘피판이 꽂혀 있어 그것을 수집했을 누군가의 열정에 탄복했다.

적요한 동네 풍경과 달리 그곳에는 재즈를 들으려는 열정을 가진 사람들로 북적이고 있었다. 갤러리 사장이 무료로 장소를 빌려준다고 한다. 아마도 그는 음악을 사랑하는 사람임에 틀림없다. 은발의 그가 점잖게 인사를 하고 퇴장한 후, 아리따운 갤러리 실장이 나와 스피커 자랑을 하며 인사한다. 밴드 리더의 진행으로 영상을 보며 10편의 영화 소개와 재즈로 변신한 OST를 들었다. 귀에 익은 영화음악들이라서 더 친숙하게 들렸다. 실장이 스피커 자랑을 왜 했는지 이해가 됐다. 머릿속 한 편엔 집에 돌아갈 걱정이 태산이었지만 '산 넘고 물 건너' 간 보람이 있었다.

나는 클래식과 영화음악을 재즈화한 곡들에 관심이 많다. 영화 〈메디슨 카운티의 다리〉 중 다이나 워싱턴이 부른 I'll Close my eyes는 스팅이 부른 곡과는 차원이 다른 깊이가 있다. 영화 〈쉘부르의 우산〉 테마곡 I'll Wait For You도, 프랑스 영화음악 작곡자 미셸 르그랑의 피아노 연주 한 곡에 몇 장르의 리듬이 있는 매력 있는 곡이다. 영화 〈조커〉에 흐른 Smile은 찰리 채플린 곡으로 영화 내용과 달리 우아한 선율이 영화의 품격을 높여주었다. 재즈는 클래식이나 팝송, 그 외의 음악에서 느낄 수 없는 '소울(Soul)'이 느껴지는데, 난해하면서도 자유롭고, 뭐라 말할 수 없는 고급스러움이 감동을 준다.

흔히 재즈를 흑인음악으로 알고 있는데 오래전 미국 뉴올리언스 일대에는 프랑스 백인남자와 흑인여자 사이에서 태어난 혼혈족(크레올)이 살았다 한다. 그들이 생계를 위해 악단을 조직하고 아프리카 음악에 유럽의 기법을 접목하여 연주하기 시작한 음악이 오늘의 재즈에 이르렀다. 생계를 위한 음악(예술)에는 슬픔이 배어 있다. 그래서 재즈를 흑인음악이라 하는지도 모른다. 1930년 경 스윙재즈로 시작한 재즈는 비밥재즈, 쿨 재즈, 프리재즈, 퓨전재즈로 이어져 점점 예술음악으로 승화했다. 쿨 재즈의 대표주자가 한국의 조용필 같은 마일스 데이비스이고, 90년대에는 팻 매스니가 기타연주로 퓨전재즈를 알렸다.

재즈평론가 남무성이 직접 그리고 쓴 만화형식의 책 「재즈 잇 업」은 초보자들도 쉽게 볼 수 있는 재즈 입문서다. 내용도 알차고 일단 재미있다. 얼굴은 '차도남' 스타일인데 유머가 상당하다. 보는 내내 웃음을 터뜨리게 만든다. 일본 재즈 매거진 〈스윙 저널〉 편집장 미츠모리 타카후미는, 2005년 1월호부터 그 잡지에 「재즈 잇 업」을 연재하기 시작했는데 충실하게 그려진 재즈사와 그림에 감탄을 금치 못했다고 한다. 저자가 재즈 역사의 배경에 있는 '빛과 그림자'까지 저널리스트의 관점으로 묘사해낸 걸 발견하고 놀랐다고 한다. 나는 책에 소개된 재즈 명반 50선을 유튜브로 들어보고 마음에 들어오는 몇 곡을 블로그에 옮겨 듣고 있다.

'재즈를 듣는 일은 외로운 일이다. 듣는 만큼 자아와 소통하는 방법에 길들여진다'고 작가는 말한다. 혼자서 음악을 즐기는 내게 하는 말 같다. 음악을 글로 알려주고 귀로 듣게 해주는, 앞서가는 누군가들에게 감사하고 싶다. 그들 아니었으면 빌 에반스와 키스 자렛의 피아노, 쳇 베이커의 블루지한 노래와 트럼펫, 보사노바의 대가 주앙 지우베르투, 존 콜트레인과 스탄 겟츠의 색소폰을 어찌 알았겠는가.

무라카미 하루키는 젊은 시절 Swing이라는 재즈카페에서 '알바'를 하며 재즈를 익혔다 한다. 그는 훗날 자신의 재즈카페 '피터 캣'을 열어 50년대 재즈를 70년대 손님들에게 들려줬다. 그는 자신의 대부분의 작품에 음악을 넣어 독자인 내게 기쁨과 즐거움을 주었다. 조승원이라는 모 방송국 팀장이 쓴 「하루키를 읽다가 술집으로」 책에는, 하루키가 사랑한 음악과 술의 종류, 그 조주법까지 자세히 나와 있다. 꿈이 있다면 나만큼 음악을 사랑하는 친구와 지금도 영업 중이라는 하루키 책 속의 재즈카페를 순례하는 거다. 그가 소개한 책 속의 음악을 듣고 술도 맛보는 여행을 해보고 싶다. 그런데 그런 친구는 어디에….

특별한 그녀들의 운명
소설 「세 여자」

조선희 소설 「세 여자」는 주인공들의 사진이 나오는, 펙트를 기반으로 한 소설이다. 1920년에서 1950년, 일제 강점기와 해방, 한국전쟁을 겪으며 치열하게 살다간 한국 공산주의 혁명가들인 주세죽, 허정숙, 고명자 세 여인의 일대기가 상해와 연안, 블라디보스토크와 모스크바를 배경으로 펼쳐진다. 사실에 의거한 이야기를 작가가 서사를 가미해 내레이션 형식으로 풀어나갔다. 제목이 '세 남자'라면 읽었을까. 나와 다른 시대를 산 여인들의 삶이 궁금했다.

1925년 어느 여름날, 단발머리 세 여자가 경성 어느 개울에 발을 담그고 깔깔대며 물장구를 치고 있었다. 그 중 이마가 반듯하고 콧날이 오똑한 여자가 스물다섯의 주세죽이고, 또한 여자는 스물넷의 허정숙이다. 다른 한 여자는 스물둘의 고명자. 햇볕을 받아 발그레하게 물든 뺨이 청순해 보이는 그녀들은 앞으로 다가올 운명을 모르는 듯 발랄하기만 하다.

1920년 경 상해와 모스크바는 나라를 빼앗긴 조선의 젊은이들에게 매혹의 도시였다. 주세죽은 함흥에서 여고 재학 중 3·1만세운동에 가담하여 경찰의 감시를 받다가, 임시정부가 들어선 그 곳 상해로 유학길에 오른다. 쇼팽과 리스트를 좋아하던 피아니스트인 그녀는 음악교사를 꿈꾸며 공부하지만, 허정숙을 만나 사회주의연구소에서 함께 활동하며 운명이 바뀐다. 그곳에서 영시를 낭독하는 열정의 낭만파, 당대의 정치 거물 박헌영을 만나고 그와 결혼 후 그를 뒷바라지하며 온갖 풍파를 겪는다. 부부는 정치범으로 피신 다니느라 딸을 모스크바 고아원에 맡긴다.

이후 일본경찰의 주 타겟이었던 헌영이 감옥에 가고 많은 시간이 흐른다. 세죽은 고명자의 연인 김단야와 활동하다가 자연스럽게 부부의 연을 맺는데, 김단야가 실종되고 그와의 사이에서 낳은 아들도 숨지는 불행을 겪는다. 그녀도 스탈린 체제하에 정치범으로 체포돼 모스크바 외곽 크질오르다 수용소에 갇힌다. 그녀는 모스크바에서 무용가로 성공한 딸에게 불륜녀라는 오해를 받으면서도 딸에게 피해가 갈 것이 두려워 사실을 말하지 못한다. 서로 안부 편지만 주고받으며 수용소에서 여생을 보내던 어느 날, 딸 부부의 초대로 모스크바로 오다가 폐렴에 걸려 병원에서 파란만장한 일생을 마감한다.

허정숙은 배화여고 졸업 후 미국 유학을 권유하는 변호사 아버지의 말을 듣지 않고 상해로 떠난다. 유복한 집안 환경에 자유분방하고 솔직 담대한 성격의 그녀는 연애스타일도 그래서 세 번의 결혼과 이부異父자식을 셋 낳고 거침없는 활동을 이어간다. 중일전쟁 당시 홍군으로 활약하며 모택동과도 잘 지내고 훗날 김일성에게 신망을 받은 그녀는 승승장구하지만, 박헌영과 함께 숙청대상이 되어 감옥에 갇힌다. 그러나 자식들의 안녕을 위해 김일성에 협조하고 북한에서 보기 드문 최고의 인텔리 여성으로 90세까지 살았다. 역사의 격동기에 고문에 의해, 또는 가족의 안녕을 위해 전향하고 또 전향하던 인사들이 한둘이었겠는가.

고명자는 양가집 외동딸로 조용하고 다소곳한 성격의 이화학당 학생이었다. 톨스토이를 읽으며 조용히 살던 그녀는 어느 날 학교에 붙은 벽보를 보고 두 여자를 찾아간다. 몸종을 대동하고 다니는 규수인 그녀가 주세죽과 허정숙을 만나 사회주의에 물들면서 운명이 바뀐다. 함께 활동하던 김단야를 만나 둘은 연인사이로 발전하지만 단야는 시골에 처자식이 있는 유부남이다. 김단야가 중국으로 피신한 뒤 잡히고, 감옥에 간 그녀는 고문을 당하고 갖은 고초를 겪다가 전향서를 쓰고 풀려난다. 이후 그녀는 오매불망 김단야를 기다리지만 둘은 끝내 만나지 못한다. 그녀는 경성에서 여운형을 좇아 활동하다가 먹지도 입지도 못하는 피폐한 생활 끝에 조용히 숨진다.

눈에서 멀어지면 마음도 멀어진다는 말은 그 시절에도 통용되던 진리인가. 투사이기 전에 그들도 피 끓는 남자이고 여자였기에, 동지가 남편이 되고 연인이 되고 그러다가 친구의 연인과 부부가 되는 장난 같은 운명을 겪는다. 시, 음악, 문학을 좋아하던 젊은 남녀들은 마르크스와 레닌에 빠지면서 공산주의자가 된다. 요즘 같으면 그저 청순하고 예쁜 스무 살 단발머리 세 여자는 역사의 흐름 속에서 지난한 삶을 살다가 스러져버린다.(허정숙 제외) 스러진다는 표현밖에는 할 수 없는 고단한 삶과 외로운 죽음, 스스로 자초한 운명이다.

이념이란 얼마나 무서운가. 마르크스와 레닌을 추종하지 않았다면 음대생이었던 주세죽은 박헌영의 아내가 아닌 평범한 음악교사로 살았을지 모른다. 지금 내가 듣고 있는 고전음악을 그녀도 들으며… 유복한 집안의 외동딸 고명자는 순탄하게 살았다면 좋은 집안에 시집가서 조신한 마님으로 살았을 것이다. 나는 그 중 허정숙 캐릭터에 매력을 느꼈다. 그녀는 5개 국어를 구사하고 1988년까지 공식석상에 모습을 드러낸, 북한사회에서 보기 드문 인텔리였다. 소설 속 인물이 나와 같은 하늘 아래 살고 있었다고 생각하니 특별한 감회가 일렁였다.

운명이란 타고난다 하지만 그 운명도 시대를 따라다니는 건 아닌가 하는 생각이 든다. 아니면 의지를 따라가는 건가. 책에는 김구, 안중근, 윤봉길 같은 친숙한 이름들이 이웃집 아저씨들처럼 특별하지 않게 등장한다. 지금 우리가 영웅으로 여기는 그들도 세 여인에게는 동지일 뿐이었다.

마지막 장을 덮는데 알 수 없는 부채감으로 가슴이 답답하다. 창가로 가 밖을 바라본다. 봄기운에 새 움을 틔우느라 바쁜 나무들이 눈에 띈다. 매화는 꽃샘바람을 견디고 있다. 그 모습이 도도하면서도 애처로워 보인다. 어쩐지 세 여인을 닮은 듯하다. 옛 중국에서는 추위를 견디며 향기를 자아내는 매화를 하나의 정신으로 보았다는데, 공산주의자 이전에 독립투사들이었던 그녀들에게도 봄은 있었을까 생각하니 일순 먹먹해진다.

소리 사냥꾼
사카모토 류이치 〈코다〉

휴일 아침 TV채널을 돌리다 우연히, 운 좋게 얼마 전 타계한 사카모토 류이치(1952~2023)의 다큐멘터리 영화 〈코다〉를 보게 됐다. 그에 대해선 막연히 일본의 뉴 에이지 피아니스트라고만 알고 있었는데, 알고 보니 영화음악 제작에도 다수 참여한 세계적으로 인지도 높은 음악가였다. 베르나르도 베르톨루치 감독 영화 〈마지막 황제〉 OST로 명성을 얻은 그는, 〈마지막 사랑〉 〈철도원(일본판)〉 〈하이힐〉 〈레버넌트〉, 우리 영화 〈남한산성〉 외 무수히 많은 걸출한 영화 OST를 만들었고, 그러는 동안 골든 글로브와 그래미 어워즈, 동양인으로 유일하게 아카데미음악상을 수상했다.

유치원 때부터 피아노를 배우고 도쿄음악대학 작곡과에 입학했으나 클래식 일색이던 분위기에 만족하지 못하고 재즈, 탱고, 보사노바 같은 월드뮤직의 활동을 펼쳤다. 드뷔시와 바흐의 영향을 많이 받은 그는 바흐의 '코랄'을 듣고 자신만의 코랄을 만들었고, 러시아 영화감독 타르코프스키의 〈솔라리스〉를 보며 자연의 소리를 음악에 담았다. 영화에서 심벌즈를 활로 켜는 모습이 인상적이었는데 음악에 관한 한 열린 감성이던 그는 세상의 소리를 음악으로 만든 진정한 음악인이었다.

그동안 개인적으로 유키 구라모토 외에 일본, 중국쪽 아티스트는 아는 바가 없었다. 그것은 아마도 경박하고 품위 없게 들리는 언어 때문에 그들의 감성에 관심이 없었다고 하는 게 맞을 것이다. 앙드레 가뇽, 루도비코 에이나우디 정도가 내가 애정하는 뉴 에이지 피아니스트였기에…. 유키 구라모토의 '로망스'를 처음 듣고 놀랐던 느낌은, 마치 영화 〈화양연화〉에서 양조위를 처음 본 느낌과 같았다 할까.

사카모토의 다큐 영화를 보며 음악, 영화 팬들이 왜 그를 추앙하는지 알 것 같았다. 큰 키에 젊은 스타일의 흰 머리와 뿔테 안경, 이지적이고 감성적인 외모를 가진 그는 패션모델도 하고 몇 편의 영화에도 출연했다. 그가 데이빗 보위와 함께 출연하고 음악을 만든, 오시마 나기사 감독영화 〈전장의 크리스마스〉 OST Merry christmas Mr. Lawrence는 반복되는 중독성 강한 선율이 자신을 각인시키듯 개성 있게 흐른다. 그의 음악은 서정성보다는 실험적이고 현대적인 느낌으로, 말초신경을 자극하지 않고 담담하며 듣는 이에게 감성을 강요하지 않는다. 비교적 대중적인 곡 〈Rain〉은 소나기가 퍼붓다가 잦아들고 다시 쏟아지는 느낌의 곡이다. 그의 내면을 보여주듯….

사카모토는 2014년에 인후암을 앓으며 활동을 접었다가 완쾌된 후 〈레버넌트〉를 시작으로 다시 활동을 재개하다 2021년에 직장암에 걸렸다. 그는 자신이 시한부임을 밝히며 남은 시간 속에서 자유롭게 음악하며 인생을 돌아보겠다고 말했다.

"세상은 소리로 가득 차 있어요. 나는 무엇을 듣고 싶은가, 새하얗고 커다란 캔버스를 앞에 두고, 어디서부터 시작하면 좋을까, 살 수 있는 날들을 잃는 건 아까우니까요…', 그가 남긴 말이다. '코다'는 종결을 뜻하는 음악용어이지만 결국 류이치 사카모토의 삶의 종결의 의미가 됐다. 죽는 날까지 음악과 함께한 그는 자연, 환경, 인종 외 모든 세상사에 관심이 많았다. 후쿠시마 원전에도 반대성명을 낼 만큼 환경을 사랑했고 소신발언도 서슴지 않았던 음악가였다.

평소 음악을 하는 사람들은 병에 걸리지 않을 거라는 나의 믿음은 오래전에 깨졌다. 음악은 마음의 병을 치유해주고 그 감성이 몸의 건강을 지켜준다 믿었기에. 그러나 암으로 세상을 떠난 음악가는 한둘이 아니었다. 소리를 모으고 피아노와 함께하는 삶이 마냥 행복할 것 같은데 암으로 사망하다니 이해되지 않지만, 한 사람이 살아온 인생을 알지 못하면서 어찌 쉽게 말할 수 있을까. 덕분에 오랜 세월 음악을 의지하고 자신해왔던 나의 건강도 믿을 수 없게 됐다.

음악만 남기고 거장들이 하나 둘 사라진다. 류이치 사카모토, 엔니오 모리코네, 미키스 테오도라키스… 한 음악인의 죽음을 애도하며 앞으로 어리석은 편견을 버리고 음악을 듣는 귀(가슴)를 넓혀야겠다고 다짐해본다.

삶,
그 풍경

고독한 귀차니스트의 일기

　인터넷 서점에서 책을 산다. 사은품으로 받은 책자에 가수 이적의 두 번째 책 출간 기념 인터뷰 기사가 있었다. 그의 말 중 '늙지만 말고 놀기도 하자'란 말이 좋아서 대화 방에 올렸는데 다음날 자세히 보니 '놀기도'가 아니고 '늘기도'였다. 어쩐지 말이 좀 이상하다 했다. 점잖은 이적이 놀겠다는 말이 신선하게 느껴졌던 걸까. 의미가 크게 다른 말을 버젓이 올려놓고 태평했다. 나이 탓이란 변명은 하지 말자. 뭔가를 제대로 보지 않고 대충 내가 보고 싶은 것으로 판단하는, 참 어이없고 무책임한 행태에 나 자신 놀랐다.

　나는 그렇게 놀고 싶었던가. 아니면 '노는 것'을 합리화하고 싶었던 건가. 나태주 시 '풀꽃'처럼 자세히 보아야 예쁜 게 아니고 자세히 보아야 잘 보인다. 그것은 비단 글씨만은 아닐 것이다. 사람도 대체로 자신이 보고 싶은 점만 보게 되지 않던가. 그래서 어긋나는 관계도 생길 터이고. 어쨌건 책을 읽고 글을 쓰는 지적인 가수 이적을 좋아한다. 그는 아직 젊으니 더 발전할 궁리를 하는 모양이다. 나는 이제 젊지 않아 제자리걸음도 감지덕지다. '늙지만 말고 늘기도'는 내게도 힘을 주는 말이니 작년보다 나은 한 해 만들어보기로 다짐해 본다.

뒷머리가 지끈거리며 아픈 게 며칠 째다. 나이가 좀 드니 어떤 증세든 중병으로 느껴진다. 병원에 갔다. 안 하던 공부를 해서 뇌가 충격 받았나 봐요 하며 객쩍은 소리를 하니 의사가 피식 웃는다. 살다보면 참 난감하고 받아들이기 버거운 일이 생길 때가 있다. 그럴 때 사람의 본성은 다르게 표출된다. 머리를 굴려 자기에게 이익이 되는 쪽으로 행동하는 사람, 아닌 척하면서 애면글면하는 사람, 운명이려니 하며 덤덤히 받아들이는 사람, 포기하는 사람…, 나는 어떤 쪽일까. 순리에 따르자며 군자연해보지만 고요한 마음을 갖기란 쉽지 않다. '그러려니'의 경지엔 언제쯤 이를 수 있을지.

"책을 읽어서 해결되지 않는 일이라면 책은 읽어서 무얼 하는가." 탄광사업이 망했을 때 조르바가 지식인 보스(카잔차키스)에게 한 말이다. 생활지혜가 뛰어난 사람들이 부러울 때가 있다. 책도 읽지 않고 음악을 듣지 않아도…. 또 다시 계절이 바뀌고 속절없이 세월이 흐른다. 삶도 그렇게 군더더기 없이 조용하면 좋으련만.

모 중견 여가수가 남편의 사업 빚 수백억을 대신 갚아줬다는 소문을 들었다. 재산이 많아서가 아니고 아마도 밤무대를 '뛰어서'일 거다. 가수라면 새로운 곡을 발표하고 홍보해야 할 텐데 옛날 히트곡만 부르는 걸 보니 그 소문이 맞는 것 같기도 하다. 애교스런 눈웃음은 나잇살에 묻히고 곱던 음성은 탁하게 갈라진다. 둔중한 몸매의 율동이 안쓰럽다. 같은 노래를 몇 번쯤 부르면 수백억을 벌 수 있을까. 그녀도 이제 중년으로서의 여유 있는 삶을 누리고 싶을 텐데…. 나이 든 그녀의 반짝이 바지가 슬프다.(울컥) 나는 그를 위해, 누군가를 위해 '반짝이 바지'를 입은 적이 있었던가.

'모든 사람에게 사랑 받길 원하지 마라. 사람 열이 있을 때 둘은 날 싫어하고 일곱은 무관심하고 하나는 날 좋아한다.'
누구의 글인지는 모르지만 실체적 인간관계의 민낯이 아닐까 싶다. 내 경우엔 그 하나마저 불분명하지만.(웃음) 오랜 세월

이런저런 활동을 하며 많은 사람들을 만났다. 그 중엔 내가 좋다는 사람도 있었고, 까닭 모를 미움도 받아보고 영문 모를 공격도 당해봤다. '여자의 적은 여자'라고 일찍이 몽테뉴도 간파하지 않았던가. 여자는 외모와 심성이 수더분해야 사람이 꼬인다. 까칠한 성격에 마음 온도보다 더 낮아 보이는 표정 온도 때문에 내 곁엔 사람이 머물지 않는다. 그렇게 생각했다. 철없을 땐 인복이 없는 탓이라 생각했는데 아마도 '덕'의 부재 때문이 아닐까 싶다.

세상에 공짜는 없다. 그 무엇도 이유 없이 이루어지진 않는다. 친구가 필요하면 누군가에게 친구가 돼 주고, 진심을 알아주길 바란다면 상대의 진심도 들여다봐야 하는데⋯. 사람 하나를 만나 기쁨이 하나면 고통과 상처가 둘쯤은 따라다니니, 이런 거 저런 거 귀찮아서 혼자 놀기로 했다. 최소한의 관계를 지향하기로 한 것이다. 세월이 흐르고 나이도 먹을 만큼 먹었으니 이제 덕이란 걸 베풀 때가 된 것 같기도 한데, 그 덕이란 게 어느 경지에 오르지 않으면 위선과 친할 수 있으니, 세상살이 쉽지 않다.

카잔차키스는 젊은 날, 영혼의 자유를 얻기 위해 수도원을 순례하고 그리스도와 붓다를 좇아 고행했다. 그가 내린 결론은 '구원으로부터 구원받는 것이 진정한 구원이다'였다. 그의 묘비명에는 '나는 아무것도 두렵지 않은 자유인이다(중략)'라고 새겨져 있지만 그건 그의 희망사항일 뿐이었을지도 모른다. 그처럼 묘비명에 자유인이라고 쓸 수는 없어도 상념에서 벗어나 좀 더 편하고 자유롭고 싶다.

요즘 혼술 혼밥 족이 늘고 있다 한다. 내겐 위안이 되는 현상이다. 슬슬 준비하고 혼영이나 하러 갈까.

지금 그녀의 회색탁자엔

아침에 일어나면 습관처럼 하늘을 본다.

낮게 드리워진 잿빛구름이 뭔가 쏟아 부을 듯하다. 흐린 날의 서해를 닮았다. 잔설이 묻은 건너편 산은 나이 든 사람의 머리 모양새 같아 운치와는 동떨어져 보인다. 두 번째 암 수술을 한 환자를 돌보느라 여행도 못 가고 귀는 음악에, 눈은 텔레비전 여행방송에 가 있는 게 일상이다. 창살 없는 감옥에서 때로 답답하고 울적하다. 단세포적으로 이어지는 하루하루가 지겹고, 이러다 치유할 수 없는 멜랑콜리가 찾아오는 건 아닌지 두렵기도 하다. 그럼에도 시간은 무섭게 흐른다.

습관처럼 라디오를 켠다. 바그너의 오페라 〈트리스탄과 이졸데〉 중 '사랑의 죽음' 아리아가 흐른다. 날씨에 어울리는 선곡이라 생각하며 볼륨을 높인다. 아일랜드 공주인 이졸데가 속국인 콘월의 왕비가 되는 과정에서 구혼 심부름꾼 트리스탄과 운명적인 사랑에 빠지고 비극에 이르는 내용이다. 왕비는 시집가는 딸에게 사랑의 묘약과 상처를 낫게 하는 약, 그리고 독약을 준다. 콘월로 가는 배 안에서 공주는 자신의 약혼자를 죽인 트리스탄에게 복수하지 못한 자신을 탓하며 하녀에게 트리스탄과 함께 먹을 독약을 준비하라 하지만, 하녀는 사랑의 묘약을 준다. 잔을 나눠 마신 두 사람은 사랑에 빠지고 콘월의 왕비가 된 이졸데와 트리스탄은 불륜에 빠진다. 트리스탄의 친구이자 마르케 왕의 심복인 멜롯은 왕에게 두 사람을 밀고하고 2막 끝에서 멜롯은 트리스탄을 찌른다. 어느 성으로 옮겨진 트리스탄은 이졸데를 기다리며 죽음을 맞는다. 사랑은 목숨과 바꿀만한 가치가 있는 건가. 영원하지 않기에 쓸쓸하기만 하다.

회색빛 예술작품은 무수히 많다. 영화 중 대표적인 작품은 〈글루미 선데이〉다. 많은 사람을 강으로 투신하게 한 OST 레조 세레스의 노래는 멜랑콜리의 극치다. 차이콥스키 교향곡 6번 4악장 '비창'을 들으면 삶의 의미를 잃고 기차역으로 향하던 안나 카레니나가 생각나고, '자클린의 눈물'을 들으면 남편

다니엘 바렌보임에게 배신당하고 병으로 세상을 뜬 불행한 첼리스트 자클린 뒤프레가 생각난다. 동서고금 우울하지 않은 예술가가 몇이나 될까. 프루스트는 어떤 고통이든 찾아와야 비로소 창작에 들어갈 수 있다고 했고, 미켈란젤로는 음울한 어둠 속에서 살아가야 할 스스로의 운명을 인식했다고 한다. 예술가에게 멜랑콜리는 창작의 원천이다.

세상이 온통 회색이다. 회색gray은 우울한 정서의 색이다. 회색은 슬픔과 상실의 색이면서 지성의 색이기도 하다. 회색 옷을 잘 받쳐 입은 사람에게서는 달뜨지 않은 차분함과 세련된 도회적 미가 느껴진다. 딱히 좋아하는 색은 아니지만 배색으로서의 회색을 좋아한다. 자신을 드러내기보다 상대방을 맞춰주는 인품 좋은 친구처럼 어떤 색과도 잘 어울리기에 사랑하기보다 신뢰하는 색이다. 광택이 들어가면 은은한 화려함으로 파티의상이 될 수도 있으니 참으로 매력적인 색이다. 어느 색 전문가는 무채색이, 밝을수록 차갑고 어두울수록 따뜻하게 느껴지는 색이라 했다. 밝음과 어둠, 그 사이에서 중심을 잡는 중용의 색, 그래서인가, 회색 옷을 살 때면 절대 그레이를 고르기 위해 온 감각을 동원한다.

마트에 다녀오는데 빗방울이 듣는다. 회색의 물 막대기가 잿빛 보도로 스민다. 저만치 앞서 걷는 승려의 바랑도 진회색으로 변한다. 비 오는 날 보는 승복은 더 한층 속세의 욕망과 무관해 보인다. 그는 어디로 가는 걸까. 상념에 들기엔 빗방울이 굵다. 장바구니를 들고 귀가를 서두르는 걸음에 조급함이 묻는다. 마치 집에 답을 두고 온 사람처럼…. 그리고 또 다시 밤, 습관처럼 밤의 정령이 찾아왔다. 사위는 짙은 어둠에 싸이고 별 한두 개가 힘없이 고개를 내민다. 요즘 자장가로 머리맡에 둔 슈베르트의 '밤과 꿈'을 듣는다. 오늘은 늘 듣던 이안 보스트리지 아닌 김현수의 부드러운 목소리가 신비로운 보랏빛 세계로 나를 인도한다.

성스러운 밤이 깊어간다. 달빛이 공간들과 사람의 잔잔한 가슴 사이로 스며들듯이 꿈들도 깊어간다. 꿈들이 밤의 성스러움을 귀 기울여 엿듣는다. 날이 밝아오면 외친다. 성스러운 밤이여 다시 돌아오라. 아름다운 꿈들이여….

나의 꿈은 대부분 회색빛이다. 화장실을 찾는데 모두 고장나 있거나 주차한 차를 찾아 헤매는 꿈을 반복적으로 꾼다. 마음속에 나도 모르는 속박이 있는 건가. 꿈은 현실을 그대로 보여주기보다 상징과 은유를 통해서 무의식의 진실을 보여준다는데 융 선생께 물어보지 않아도 답은 자명하다. 나는 잠자는 게 싫고 현실로 돌아오는 아침이 좋다. 현실이라야 무의식의 세상과 크게 다를 바 없지만 눈을 떴으니 살아야 하고, 그리고 음악이 있지 않은가.

행복은 (명사가 아니고) 동사라고 누군가 말했다. 사람들은 무지개 같은 그것을 좇아 부지런히 뭔가를 도모한다. 그것은 어쩌면 삶의 핑계이고 의무일지 모른다. 가고 싶은 곳을 못 가고 자의적 감금상태인 요즘 집에서 즐기는 놀이를 찾아 머릿속이 분주하다. 음악과 영화와 책, 그리고 눈眼여행을 하는 그녀의 '회색탁자'에는 지금, 외롭지만 따스한 멜랑콜리가 있을 뿐이다.

나태와 안일

요즘 외출을 거의 하지 않는다. 한 주에 한 번 마트에 가고 문화센터에 가는 일 외엔 집에 콕 박혀 있다. 갈 곳도 없지만 귀찮기도 해서다. 그 좋아하던 공연장도 선별해 띄엄띄엄 간다. 집에 내 손길이 필요한 환자가 있어서이기도 하지만, 움직이는 걸 싫어하고 꼭 가야하는 곳 아니면 돌아다니는 걸 생래적으로 싫어한다.(여행은 예외다.) 집에만 있다가 외출 한 번 하려면 빠뜨린 건 없는지 실수하진 않을지 신경 쓰이고 긴장도 된다. 그저 이불 안이 편안하다. 음악듣기, 영화보기 같은 일은 집에서도 즐기는 터라서 '감금생활'이 크게 고통스럽지 않다.

나의 진짜 일상은 낮 12시부터 시작된다. 아침에 암 수술한 남자에게 밥과 과일을 주고 나면, 내가 먹을 빵 한 조각과 토

마토 두 알, 사과 한 쪽과 삶은 계란 한 개를 커피와 함께 침대로 가져온다. 음악방송 앱을 열고 방송을 들으며 그것들을 먹는데, 그 음식들은 모두 커피를 먹기 위한 '반찬'들이다. 음악을 듣다가 좋아하는 곡이 나오면 방송 게시판에 느낌도 쓰면서 그렇게 꼼짝 않고 오전시간을 보낸다. (눈은 텔레비전 여행프로를 향해 있다.) 점심은 배달 앱을 이용하거나 간편식으로 해결한다.

외출할 때와 집안일 할 때 빼곤 침대에서 모든 개인 업무(?)를 본다. 부실한 허리 때문만은 아닐 것이다. 쉬 고쳐지지 않는 오랜 습관이다. 운동은 무릎 연골수술을 한 뒤로 어쩔 수 없이 실내자전거 페달을 밟고는 있지만 그뿐, 다른 운동은 엄두를 내지 않는다. 청소는 고맙게도 스마트폰의 지시를 받으며 봇돌이(청소기)가 알아서 해준다.

식품 빼곤 대부분 온라인 쇼핑을 한다. 침대에서 결제버튼만 누르면 되는 홈쇼핑을 하다보면 반품할 일도 생기는데 식품반품은 여간 귀찮은 게 아니다. 특정 지역의 한우라는 말만 믿고 구입한 고기가 고무처럼 질겨 반품했었다. 그 '고무고기'는 회사 냉동실에서 쉬었다가 또 누군가에게 팔려갈 것이다. 인터넷으로 디자인만 보고 구입한 식탁의자 다리가 부러져 낭패를 본 적도 있는데…. 반품하느라 며칠 시간낭비와 감정소

모를 하면서도 삶의 한 풍경이라 자위하며 또 다시 결제버튼을 누르는 자신을 본다. 욕심으로 사놓고 유통기한을 넘겨서 버린 영양제와 식품보조제가 얼마인지….

음악은 들을 때뿐, 마음 한편에선 불편함이 스멀거린다. 무의미하게 시간을 죽이고 있다는 자각이 강박처럼 따라붙어서다. 책 보는 시간보다 음악 듣는 시간이 늘어나면서 생긴 증상이다. 숙제 안 하고 노는 학생의 마음 같다. 스스로 '호모 루덴스'라고 너스레를 떨지만 마음은 공허하기만 하다. 오랫동안 벌이도 안 되는 글을 쓰면서 직업병만 생긴 듯하다. 머리맡엔 욕심으로 사놓은 책탑이 높아만 간다.

웬만큼 살다보니 새로운 것에 관심이 없다. 도무지 마음을 끄는 게 없다. 사람도 그렇고 기타 등등도 그렇다. 아날로그 감성에 젖어 있는 내게 더 귀찮은 건 신문물이다. 문화센터에서 수강하던 영어공부가 비대면 온라인으로 바뀌어 포기하고 말았다. 신경 쓰이는 일은 뭐든 하고 싶지 않아서다. 누군가의 지적처럼 마음이 일찍 늙어버린 건가. 무엇에도 마음을 열지 못하는 성정은 계절과도, 병균과도 상관이 없다.

내가 세상을 향해 열어놓은 것은 블로그(티스토리) 뿐이다. 좋아하는 글이나 음악을 올려 자신도 즐기고 방문자들도 즐기게 하기 위함이다.(그나마도 노출증 환자의 전시물에 불과하다고 움베

르토 에코가 말했다.) 그러나 그 공간도 새로운 소통도구에 밀려 구시대의 유물이 된 지 오래다. 컴퓨터 앞에 앉기는 하지만 문서창은 열지 않는다. 그곳은 숙제가 있을 때만 들어간다.

나태와 안일은 권장할 만한 덕목은 아니지만 그것들을 버린다고 행복할지는 의문이다. 인생엔 정답이 없으니 말이다. 귀차니스트가 '알'을 깨고 나와 마음껏 기지개를 켤 날이 올까. 어쩌면 영원히 웅크리고 살게 될지도 모른다.

아트 가펑클이 부른 April Come She Will이 상큼하게 와닿는 4월이다. 잎도 없이 와르르 피어나던 허상 같은 봄꽃들이 지고 그 자리를 연초록 잎들이 대신한다. 새로워서 좋은 게 하나 있다면 신록이다.

이사

무의식에서 헤매다 눈을 뜬다.

새벽을 조금 지난 시각, 여자는 몽롱한 상태로 방안을 둘러본다. 눈에 익으면서도 아직은 실감나지 않는 풍경, 아 이사 왔지… 여자는 묘한 안도감을 느끼면서 현실로 돌아온다.

25년 동안 살던 집을 떠나 이 집으로 온 지 석 달째다. 자의 반 타의 반의 이동이었다. 이사를 할 수밖에 없는 상황이 생긴 거다. 오랜 기간 변화를 갈망하면서도 안일함에서 빠져나오는 게 두려웠던 그녀는 맞닥뜨린 현실이 오히려 기뻤다.

아이 초등학생 때 입주했던 집은 그 아이가 성인이 되도록 '탈출'하지 못했다. '천당 아래 분당'이라 했던가. 주거 조건이 좋고 비교적 집값이 비싼 지역이라 더 나은 집으로의 이사는 늘 그림의 떡이었다. 세월이 흐르며 세 식구 살기에 적당했던 집은 의식주 해결 외에 더 이상의 꿈은 꿀 수 없는 붙박이장 같은 공간이 되었다. 집 평수를 넓혀 이사 가는 건 주부의 역량이라는데 음악에의 열정을 재테크 같은 일과 나눴다면 달라졌을까. 여자는 고개를 젓는다.

부동산 중개소에 들러 시세를 물어보니 집값은 처음 분양받은 가격보다 10배 정도 올라 있었다. 25년이라는 세월 동안 집이 스스로 가치를 올리고 있었다. 참으로 재밌는 세상사다. 어쩌면 이사를 하지 않을 수도 있었지만 타성의 옷을 벗고 싶은 여자는 그대로 밀어붙였다. 인터넷으로 비교적 집값이 저렴한 동네의 매물을 알아보고 몇 군데 답사를 시작했다. '천당'에서 멀어질수록 평수와 상관없이 가격이 저렴하다는 걸 알았다. 집은 내놓자마자 팔렸고 일은 순조롭게 진행됐다. 이사하는 날, 가구를 뺀 휑한 집은 그 동안의 희로애락을 모른다는 듯 여자의 마음처럼 덤덤했다.

도시와 도시의 경계 어느 지점에 적당한 곳을 물색하여 지금의 집을 정했다. 살 집은 살던 집에서 승용차로 30분 정도 걸리는 남쪽에 위치한 곳이다. 동네도 조용하고 여러모로 나쁘지 않았다. 어디인들 사는 데 큰 지장이 있을까. 젊은 부부가 살던 집은 리모델링을 해서 깨끗하고 가격도 저렴했다.

가족 세 명은 각 1방을 차지하고 각자의 몽상에 들었다. 여자는 기다렸다는 듯 안방에 책장을 들여 서재 겸 침실로 꾸몄다. 휑하니 넓던 더블침대는 미련 없이 버리고 일찌감치 슈퍼싱글로 주문해뒀다. 벽지는 갈색의 침대와 책장에 맞춰 차분한 카키색으로 골랐다. 아늑한 북 카페의 분위기가 독서 의욕을 부추긴다. 낮에는 양질의 햇살이 아낌없이 쏟아져 들어와 여자의 눅눅한 심사를 보송하게 말려줬고, 베란다 없는 창은 밤에 침대에 누워 고개만 돌리면 달을 볼 수 있었다. 슈퍼문이 뜨는 밤엔 크고 선명한 달이 내려다보고 있어, 여자는 설레고 황홀해서 잠을 이룰 수가 없었다. 침대에 누우면 바로 옆에 책들이 여자를 굽어본다. 떨어져 살다가 함께 살게 된 정인처럼 다정하게 같이 숨 쉬고 있음을 느낀다.

아들 방은 새로운 행복을 느끼길 바라며 차분한 청회색 벽지를 골랐다. 말없이 현실을 수긍하고 도움을 주면서도 은근 독립을 원하는 아들을 매번 붙잡는 건 여자였다. 마음으로부터 독립시키지 못하면 떨어져 사는 게 의미가 없다고 생각하며… 오랜 세월 홀로 고독을 삼켰을 아들을 생각하며 여자는 종종 아릿한 슬픔을 느낀다.

거실과 남자의 방은 베이지 톤으로 무난하고 밝은 분위기를 연출했다. 사람 좋아하고 풍류를 좋아하는, 가여운 남자에 대한 미움이나 원망을 때로 잊고 여자는 새 집에서 행복하기만 하다.

주변에 편의시설도 많고 사는 데 불편이 없는데도 처음엔 왠지 낙오자의 패배감 같은 게 스멀거렸으나, 그런 무의미한 감정도 사라진 지 오래다. 그러나 새로움은 유한하고 이 집도 언젠가는 권태로 점철될 것을 여자는 잘 안다. 삶의 종착역을 향해 다가가는 지금, 어떤 욕심도 없고 이변이 없는 한 더 이상의 이사는 없을 거라고 여자는 다짐처럼 되뇐다. 희로애락을 바퀴살에 걸고 표정 없는 광대처럼 숱하게, 무의미하게 돌던 운명의 풍차는 이제 서서히 그 움직임을 멈춘 듯하다. 아니 멈추어야만 한다.

남자들이 나간 조용한 아침, 여자는 거실 창가의 원형 탁자에 커피 한 잔을 갖다놓고 라디오 볼륨을 높인다. 리스트의 '위안Consolation'이 위무하듯 흐른다. 그리고 자신을 위해 구입한 그녀만의 초록의자에 앉아 커피를 마신다. 초로의 남자는 스스로 칭하는 '사공'이라는 별명에 걸맞게 남은 생의 물결로 유유히 흘러갈 것이고, 책과 음악사냥에만 열을 올리는 여자도 지금까지 그래온 것처럼 그렇게 살아갈 것이다.

여자는 커피 한 모금을 마시고 창밖을 본다. 맞은편에 보이는 중학교 교정이 적막하다. 너른 운동장은 텅 비어 고요하다. 학교와 건너편 아파트 단지 사이의 작은 둔덕은 초록이 짙어져 가고 있다. 또 한 모금의 커피를 마시고 여자는 다시 텅 빈 운동장을 바라본다.

인연 찾기

비혼을 고집하던 아들이 결혼을 하겠다고 한다. 친구 결혼식에 다녀올 때 부럽지 않더냐고 물으면 '전혀'라고 답하던 터라 그 생각을 유지하는 줄 알았는데, 아비의 발병으로 병원생활하느라 집이 텅 비자 혼자 있으면서 생각이 많아진 듯했다. 결혼에 부정적인 이유 중 부모의 영향도 있었을 것 같아 내심 부채감이 있던 터라 그 말이 반가워야 할 텐데 이상하게 기쁘지 않았다.

아들은 그 사이 결정사(결혼정보회사)에 적지 않은 금액의 회비를 내고 가입도 했다 한다. 기본 6회의 소개팅을 주선해주고 추가금을 내면 또 다시 여섯 번을 주선해준다고…. 요즘 젊은이들의 결혼 정보에 무지했던 나는 그 말을 듣고 버럭화를 냈다. 막연히 암흑세계로 인식되던 그런 곳에 내 자식이 등록했다는 사실에 자존심이 타격을 입은 거다. 그토록 절박할 일인가. 평소 외모 칭찬을 듣고 사는 아들이어서 더욱 어처구니가 없었던 것 같다. 내 표정을 본 아들은 생각보다 '멀쩡한' 사람들이 많다며 차근히 설명한다. 다시 생각해 보니 당당히 자신의 프로필을 공개하고 (가족관계증명서 같은) 현실적인 서류를 주고받는 게 합리적인 중매라는 생각도 들었다.

이후 아들은 본격적으로 '결혼사업'에 뛰어든 듯했다. 가만 보니 결정사에서 조건 대 조건으로 어울릴 만한 상대를 골라 매칭해 주면 지정한 중간 장소로 가서 만나는 식이었다. 옷차림에 신경 쓰고 향수까지 뿌리고 나가는 아들을 보며 나는 마음이 복잡했다. 평소 냉정한 아들의 그런 모습이 왠지 짠하기도 하고, 좋은 여자 만나길 바라는 마음과 안일한 삶에 변화가 생기는 게 두려운 뒤숭숭함이었다.

여자에게 미모는 최대의 무기라던가. 얼굴이 반반하고 나이가 적을수록 전문직 남자를 선호하고 그 부모의 직업까지 욕심을 낸다는데, 자본주의 사회에서 비난할 일은 아니다. 아들의 인연 찾기는 멀리서 과녁을 맞히는 화살처럼 빗나가기만 했다.

몇 번의 만남을 끝내고 아들은 지친 기색이다. 평생 함께할

반려자 찾기가 그리 쉽겠는가. 세 번째는 프로필만 보고 '까였다'고 담담히 말하는 아들을 보고 나는 웃음을 터뜨렸다. 인생 공부도 되고 잘 됐다며 '쿨하게' 말했지만 씁쓸한 마음을 금할 길 없었다. 그리고 인생 선배로서 온갖 주워들은 말로 아들에게 조언을 했다. 외모는 중요하지 않다, 예쁘지 않아도 매력이 있으면 된다, 친구 같은 느낌의 사람이 좋다….

내 젊은 때를 생각하면, 차가운 인상에 까칠한 성격, 이성에 친절하지 않아 남자가 따르지 않았다. '키도 크고 잘 생겼으니' 애인이 있을 거라 생각했다는 말을 많이 들었지만 '빛 좋은 개살구'였을 뿐이다. 그러다 평범치 않은 남자를 만나 평탄치 않은 결혼생활을 했는데…. 직장을 그만두고 빈둥대며 음악만 듣는 나를 치우려고 엄마는 노심초사셨다. 몇 번의 맞선자리에서 나는 심드렁하고 오만방자한 태도로 일관했고 '에프터'가 오지 않아 애타는 건 내가 아닌 엄마였다.

그러다 만난 한 남자, 가족을 동반한 첫 만남 후 두 번째 자리에서 그는 내게 개구리 알을 보러 가자 했다. 인연은 따로 있다던가. 나는 왠지 그 신선함에 이끌렸다. 이후 딱 한 번 간 '또랑'에서 돈까스를(비후까스였나) 빵 찍어먹듯 하는 모습에 어이없으면서도 매력을 느꼈고 묘한 보호본능을 느꼈었다. 식당에서 나왔을 때 함박눈이 내리고 있었던가. 그가 스카프를 사러 가자 했던가, 빙판에 미끄러진 내가 그의 팔짱을 꼈던가…. 새 구두가 있음에도 낡은 구두를 신고 늘 같은 재킷 차림이었던 그 사람, 극장에서 영화 시작 전 애국가가 흐를 때 내 손을 꽉 쥐던 그 사람….

그 순수함에 이끌려 결혼을 결심했다고 말하고 싶지만, 안정된 직장과 그의 뒤에 억척으로 많은 땅을 일군 엄마가 있다는 걸 이미 알았다. 어쨌건 그 순박함이 결혼생활에 도움이 되는 건 아니었다. 결혼은 신만이 풀 수 있는 미적분이라고 어느 평범한 사람이 말했다. 결혼해서 백퍼센트 행복이 보장된다면 무슨 고민이 필요할까. 결혼해서 살다보면 실망스런 점도 생기고 훗날 시련이 파도처럼 밀려와도 굳건한 방파제처럼 처음의 그 콩깍지가 벗겨지지 않으면 살게 되는 게 부부 아닐까 생각한다.

언젠가 젊은이들 대상으로 결혼에 관한 설문조사를 하는 방송을 본 적이 있다. 인터뷰를 하는데 묘하게도 기혼남들만 행복하지 않다고 했다. 그 이유를 듣진 못했지만 나는 어쩐지 답을 알 것도 같았다. 혼자 놀 거리가 많아진 세상, 자아를 죽여야 하고 자유를 뺏기고, 육아와 살림에 시간을 뺏겨서인지도 모른다. 첨단을 달리는 가전제품, 마트에 널려 있는 넘치는 밀키트들이 남자 혼자도 충분히 살 수 있는 세상이다. 방송에서 여자들은 대부분 연애는 좋은데 결혼은 싫다고 했다. 시가 쪽 사람들과 관계 맺는 게 싫다는 것이다.

결혼은 해도 후회, 안 해도 후회한다는 오래된 진리를 새삼 떠올린다. 결혼을 하든 안 하든 자식의 행복을 비는 마음은 어느 부모나 같을 것이다. 인간은 누구나 혼자라는 말도 있지만 결혼하지 않아서 외로움을 느낀다면 딱한 일이다. 국민 중 절반이 1인가구라 한다. 결혼할 형편이 안 돼 못하는 사람도 있겠지만 자의로 안 하는 사람들이 많다는 말이다. 이런저런 취미생활을 하며 자아를 추구하는 삶, 나는 아들이 후자이길 바라지만 훗날 부모가 떠나고 혼자 남게 될 걸 생각하면 벌써부터 가슴이 아리다.

가족 세 사람, 혈액형이 같아서인지 성정도 비슷하다. 강한 자아, 과묵하고 감정표현 어색해하고, 고독에 강하다. 누군가 나를 좋아해주면 좋고 먼저 호감표시를 하지 않는다. 특히 이성엔 더욱. 고독만은 닮지 않길 바랐는데 아들 얼굴에 이따금씩 드리우는 그림자를 보며 부모의 이기심으로 외동을 만든 자책감이 들곤 했었다.

퇴근한 아들의 저녁을 차리며 요즘은 어때? 하니, 쉽지 않다며 결혼하지 말까 한다. '결정사'에서 만나 결혼이 성사되는 건 5퍼센트에 불과하다니 그나마 위안이 된다. 어딘가 좋은 짝이 있겠지 하는 내 말에 영혼이 없다. 아들이 부디 적당한 미모에 적당한 덕을 갖춘 '달님'같은 처자를 만나 행복하길 바라는 마음이다.

음악 사랑방

    오전 9시면 라디오 클래식 방송을 듣는다. 정통 클래식 음악과 간간이 들리는 크로스 오버 음악이 차분하게 혹은 설렘과 감동으로 감성을 적신다. 진행자의 풍부한 음악지식과 사려 깊은 인품이 엿보이는 말들이 청취자의 마음을 다독인다. 채팅창에 모인 사람들과 인사를 나누고 음악과 관련된 대화를 하며 교감한다. 저녁 6시엔 세상의 모든 음악을 들려주는 방송으로 가는데 나의 최애방송이다. 산책하며, 또는 여행 가서 들으려고 휴대폰에 두 방송의 애플리케이션도 깔았다. 회원으로 가입한 건 좀 더 가깝고 용이하게 음악을 신청할 목적이었다.

    라디오로 듣기만 하다가 교통사고로 병원에 며칠 입원한 동안 무료해서 앱을 깔고 방송 게시판(채팅창)에 들어가 봤었다. 조용히 분위기 있게 음악만 흐르던 그 안에서는 마치 개미떼처럼 언어들이 오르내리는 새로운 세계가 펼쳐지고 있었다. 그곳에는 이미 음악으로 가까워진 사람들이 모여 서로 이름을 부르며 인사하고, 안부를 묻고, 희로애락을 전하고, 그러면서 존재감을 느끼는 듯했다. 오순도순 모여 앉아 예의를 지키며 흐르는 음악에 대한 견해도 말하고 다른 사람의 신청곡이 나오면 서로 축하도 해주면서 이모티콘으로 감정표현도 한다.

나는 쑥스러워 듣기만 하다가 간혹 인사 정도 하는데, 낯선 이름 하나가 올라오면 어김없이 친절한 누군가가 환영인사를 한다. 글만으로도 누군가의 지적인 수준이나 성격, 유머감각, 직업까지 알 수 있으니 게시판은 사랑방 같은 곳이다. 사교성 없는 나는 내 이름을 불러주는 사람에게만 답례로 인사하는데 주로 남들의 대화를 구경하는 쪽이다. 좋아하는 곡이 나오면 그 음악에 대한 나름대로의 느낌을 올리는데 누군가 동조하기도 한다.

올라오는 사연도 다양하다. 아프다며 위로를 구하는 사람, 농사일을 고민하는 사람, 장사가 안 된다며 울상 짓는 사람, 가족 혹은 자신의 생일이라며 축하해달라는 사람, 입대하는 아들에게 힘을 달라는 사람, 끊임없이 성경 구절을 올리는 사람… 그중엔 풍부한 음악지식을 뽐내는 사람들이 있어, 음악 좀 들었다고 자부하던 내가 '음악하수'임을 깨닫게도 해줬다. 세계 각국에서 생활하거나 혹은 여행 중인 청취자들이 안부도 전해온다. 인터넷이 있기에 가능한, 편리한 세상이다.

게시판 글쓰기는 방송국에 따로 문자를 보내지 않아도 디제이에게 바로 메시지를 전할 수 있어서 좋다. 청취자와 디제이, 피디와 작가가 공유하는 공간인 거다. 글과 신청곡이 채택되어 음악이 나오면, 어릴 때 엽서로 방송국에 보낸 신청곡을 듣는 듯 짜릿하고 커다란 존재감이 엄습하며 말할 수 없이 기쁘다. 글 내용이 감동적이거나 유익하거나 유머러스하여 디제이의 마음을 움직이면 이런저런 선물도 준다. 간혹 진심이 전해졌는지 제작진으로부터 감사 문자를 받으면 뿌듯하기도 하다. 그런데 그 문자는 나한테만 보내는 건 아니었다. 애청자 관리 차원이라 할까.

그곳엔 음악마니아들도 있지만 단순히 수다를 위해 오는 사람들도 있다. 디제이와 제작진 측에서는 오래된 사람은 '헌싹', 새로 들어온 사람은 '새싹'이라 칭하며 관리한다. 관리라 함은 사연과 이름을 소개해주고 커피쿠폰도 선물하며 '헌싹'으로 유도하는 것이다. 매사 그렇듯, 처음이 쉽지 않지 한번 들어가면 편하게 왕래할 수 있다. 활동이라는 게 디제이와 그곳에 온 사람들과 인사하고 가끔 신청곡도 청하고 음악, 문학, 기타 등등 분야에서 아는 척 좀 한 게 다이다.

어느덧 중독이 된 건가. 이젠 음악만 들으면 허전하기도 하다. 어릴 적엔 작은 라디오를 끌어안고 이불속에서 음악을 들었다면, 이제는 손에 폰을 쥐고(혹은 컴퓨터로) 실시간으로 디제이와 소통한다. 글도 쓰고 음악도 신청할 수 있고, 음악팬들만의 공간이니 좋은 놀이다. 그 안에 있으면 시간이 훌쩍 지난다. 혼자 놀기의 진수다. 실시간으로 공개되는 글 몇 줄을 쓰기 위해 생각을 해야 하니 뇌 운동에도 좋을 것 같다.

오랜 기간 동안 그곳에서 얄팍한 지식과 알량한 감성을 부려놓았다. 조용히 음악만 듣고 싶을 때는 '눈팅'만 하기도 하는데 그럴 때면 그곳에서 흐르는 이야기들이 참 덧없게 느껴지기도 한다. 타인의 눈에는 내 글도 그럴 거라 생각하니 시들해진다. 나를 객관화시키는 건 삶에서 종종 필요한 일인 듯싶다.

실시간 흘러내리는 말이 머무는 시간은 얼마쯤 될까. 5초? 10초? 현실에서 이렇다 할 활동도 없고 그곳에서라도 활발하게 지내야 할 텐데 슬슬 발동되는 '귀차니즘'이 문제다. 커다란 음악 감상실 같은 음악 게시판, 들락거린 지 6년째다. 공들여 쓴 글들이 1회성으로 떠내려가는 건 다행일까. 끝도 없는 말, 말, 말들…, 나 여기 있으니 봐달라는 외침 같기도 하다. 나도 할 말이 있다고, 좀 들어달라고, 같이 놀자고, 외롭다고….

그곳에서 이제 나를 붙잡는 건 음악뿐이다.

커튼은 알고 있다

연일 폭염이 계속되던 여름날, 더위도 피할 겸 고풍스런 전
주 한옥마을 게스트하우스에서 이삼 일 쉬고 오려고 고속도
로를 달리던 중이었다. 앞차가 속도를 줄이며 비상등을 켜서
나도 브레이크를 밟으며 비상등을 켰는데 곧바로 뒤차가 달
려와 그대로 들이받았다. 심한 충격에 이거 실화냐 하고 멍하
니 앉아 있는데 운전자가 다가와 괜찮으시냐고 묻는다. 그제
야 내려서 차 후미를 보니 번호판이 떨어져 너덜거리고 범퍼
도 부서졌다. 삼십 대로 보이는 뒤차 운전자는 어디론가 전화
한 후 침묵을 지킨다. 남의 차를 부숴놓고도 보험이라는 막강
한 '백그라운드'를 믿고 사과 한 마디 안 하는 이상한 세상.

어디선가 득달같이 달려온 레커차가 혼을 빼놓으며 일사천

리로 상황을 수습하는데 경험 없는 나로선 그가 의심스러우면서도 지시(?)에 따르며 정비공장으로 향할 수밖에 없었다. 차 수리가 끝날 때까지 타라며 보험회사에서 제공한 차를 타고 집에 오는데 거울 속으로 보이는 뒤차들이 무서웠다. 트라우마가 생긴 거다.

집에 돌아오니 긴장이 풀려서인지 본격적인 통증이 왔다. 고개를 움직일 때마다 등이 아프다. 서서히 온다는 교통사고 후유증이란 게 이런 거구나 싶었다. 한방병원에 가서 간단한 검사를 하고 진료실에 들어갔다. 의사는 시간이 지나면서 증상이 더 심해질 거고 나이가 있어서 회복도 더디고 허리 쪽도 통증이 올 거라고 겁을 주며 은근 입원을 권유한다. 순간 내 머리는 바빠졌다. 통원치료와 입원치료 어느 것을 택할 것인가. 딱히 바쁜 일도 없고 남편과 아들은 집에서 밥을 거의 먹지 않으니 나의 부재로 인한 두 사람의 불편함은 없을 터이다. 이 참에 '나이롱 환자' 한 번 돼 볼까. 집으로 돌아와 간단한 세면도구와 책 세 권을 챙겼다. 이 폭력적으로 더운 날씨에 시원한 병원에서 병캉스(병원+바캉스)를 하게 됐으니 불행이라 해야 할지 다행이라 해야 할지 판단이 안 선다.

막상 병실을 배정 받고 환자복을 입으니 기분이 묘했다. 오래전 남편 암 수술 후 병간호를 위해 머물던 6인 병실이 생각났다. 그때와 다른 점이 있다면 환자들이 커튼을 굳게 치고 소통을 안 하는 것이다. 병실은 24시간 빵빵하게 돌아가는 에어컨 때문에 늘 똑같은 온도를 유지했고 시원함을 넘어 춥기까지 해 비염이 있는 내겐 달갑지 않았다.

정해진 시간에 밥을 먹고 하루 두 번 침 치료를 받았다. 아침에 눈을 뜨면 에어컨 실외기 소리가 빗소리로 들렸다. 바깥의 공기 맛이 그리웠다. 입원기간 동안 외출이 안 되니 계절감각도 없고 화장실의 작은 쪽창으로 하늘을 바라봤다. 죄수복 같은 환자복을 입고 어정거리다보면 동네 '바보누나'가 된 느낌도 든다. 그런데 병원에는 그런 바보들이 꽤 있었다. 겉으론 멀쩡해 보이는 환자들, 그들은 왜 커튼을 굳게 치고 있을까.

병원 커튼은 아름다움을 배제한, 그저 뭔가를 가리는 가림막일 뿐이다. 창문을 은은히 감싸며 미풍에 살랑거리는 하얀 레이스 커튼도 아니요, 클레오파트라의 관능적인 침대를 가리는 진홍빛 커튼도 아닌, 낭만과는 동떨어진 커다란 합성섬유천 조각이다. 그 멋없는 커튼을 빙 둘러 치면 온전한 개인만의 공간이 된다. 환자의 프라이버시를 위해 쳐놓았으니 소리는 새나갈지언정 그 안에서 무얼 하는지는 바로 옆 환자도 알수 없다. 타인에게 보여주기 싫은 비밀이라도 있는 걸까. 어쩌면 그들은 커튼 안에서는 환자가 아니었는지도 모른다.

의사의 만류에도 불구하고 일주일 만에 퇴원을 했다. 기다리는 이도 없는데 나는 왜 그렇게 나오고 싶었을까. 남편 말대로 '무릉도원에서의 신선놀음'을 마다하고 퇴원한 것은 굳이 말하자면 너무 편한 것이 불편했다 할까. 실내에서만 해야 하는 죄수 같은 생활이 싫었다. 중병도 아닌데 시간 맞춰 밥을 받아먹는 것도 그렇고, 책과 음악이 곁에 있다 해도 그게 다가 아니었다. 덥든 춥든 사람은 밖에 나가 공기를 쐬면서 살아야 하는 존재임을 뼈저리게 느꼈다. 지인들은 섣불리 퇴원하지 말라고 조언했지만 간섭 받고 억제된 삶을 못 견뎌하는 나의 성정이 제동을 건 것이다. '나이롱 환자'는 아무나 하는 게 아니었다.

뉴스로만 보던 고속도로 교통사고, 누구나 그렇듯 내가 당할 줄 몰랐고 아직도 실감이 나질 않는다. 차 부서진 정도를 보면 내 몸 부상이 천운이라고 누군가 말했다. 아직 더 살라는 계시인가. 짧은 입원기간 동안 많은 것을 느꼈다. 보험에 대한 전무한 지식, 피해자로서의 처신 같은, 이불 밖에서 일어나는 일들에 능숙하지 않은 평소의 안일함 같은 것이 그것이다.

집에 오니 곧바로 살림이라는 현실이 기다리고 있었지만 평범하게 사는 것의 소중함과 편안함을 느꼈다. 사람은 이렇게 살아야지 싶었다. 훅 끼치는 더운 공기가 산뜻하다.

환절기 견디기

무릎 통증은 그즈음부터였을 것이다. 그리스 섬 여행을 준비하기 전부터, 끝까지 소화 안 되고 남은 위 속의 기분 나쁜 음식물 잔해처럼 끈질기게 달라붙어 신호를 보내와 떠나는 것을 걱정하게 했었다.

그럭저럭 여행을 끝내고 돌아와 일상생활을 하던 석 달 동안에도 통증은 여전했다. 신뢰하는 한의원을 찾아 침 치료를 하며 나아지길 고대했으나 소용없었다. 평소의 안일한 성격은 병을 키우는 데 일조했다. 걸음이 불편해지고 통증이 심해져서야 관절전문병원을 찾았다. MRI 촬영 후 나온 병명은 이름도 기괴한 '양동이형 반월상 연골파열'이었다. 태생적으로 연골 위치가 좋지 않은 데다 찢어져서 수술로 봉합을 해야 한다고 한다. 그러고 보니 어렸을 때부터 왼발에 비해 오른발이 늘 힘이 없었던 것 같다. 수술이란 말에 놀라 본의 아니게 눈물을 보여 젊은 의사를 당황시켰다. 아마도 그 순간에 신이 나를 미워하는구나 싶은 심정이었을까.

수술을 받기 위해 3박 4일 일정으로 입원했다. 올해만 두 번의 병원 입원이다. 교통사고 후유증으로 입원했을 때와는 차원이 다른 공포가 엄습했다. 이런저런 검사로 수술에 적합한 몸 상태를 체크하고 드디어 수술실로 향했다. 이름을 몇 번씩 불러 본인임을 확인하는 간호사들, 몸이 떨릴 정도로 찬 실내공기와 북적이는 의료인들, 드라마에서 보던 수술실 풍경과 같은 분위기에 압도됐다.

척추마취를 하고 산소 호흡기를 씌우고, 수술 소리를 듣지 않게 하기 위해 수면주사를 놓아 잠이 들었다. 수면내시경 검사처럼 언제 무슨 일 있었나 싶게 몸이 병실로 옮겨지고, 오른쪽 다리에 아주 견고한 붕대가 감겨 있었다. 내 무릎에 무슨 일이 생긴 건가.

8인 병실엔 나와 연배가 비슷해 보이는 여인 둘과 칠팔십 대로 보이는 노부인들이 각각 다리와 발목에 붕대를 감고 누워 있었다. 교통사고로 입원했을 때와 달리 병실엔 커튼이 활짝 열려 있었다. 처음엔 내가 왜 이런 곳에, 하고 우울했지만 인간은 적응의 동물 아니던가. 모두들 혼자서 움직이지 못했는데 다행히 벨을 누르면 간병인이 곧바로 와서 시중을 들었다. 화장실에 데려다 주고 물도 떠다 주고….

1번 침대에는 조신해 보이는 중년부인이 무릎 인공관절 수술을 받고 회복 중이었다. 늘 미소 지으며 조용하다. 2번 침대에는 70대로 보이는 부인인데 점잖고 교양 있는 대화를 하신다. 3번엔 감정기복이 있어 보이는 70대 부인이, 자식들이 문병 오지 않는다며 침울해 하신다. 담당의가 회진 차 병실에 오자, 수술한 지 한 달이 돼 가는데 호전되지 않는다며 울음 섞인 목소리로 하소연하신다.

4번 침대에는 80대로 보이는 할머니다. 청력이 좋지 않아 대화에 끼지 않고 잠만 주무신다. 간혹 딸이 와서 큰 소리로 대화를 한다. 5번, 6번엔 같은 줄 끝이라 누군지 잘 보이지 않는데 커튼마저 치고 있어 그 존재를 모른다. 7번은 동년배로 보이는, 친화력 좋고 예쁘장한 얼굴의 여자다. 수술을 미루다가 이틀 전 아들 결혼식 끝내고 입원했다고 한다. 그 중 내 병증이 가장 가벼워 보였다.

지인이 가져온 롤 케이크를 나눠 먹기 위해 8조각으로 잘랐는데 서로 움직이지 못하니 바로 앞인데도 전달할 수가 없다.

우린(?) 모두 크게 웃고 간병인의 도움을 받아 한 조각씩 나눠 먹었다. 참으로 우습고도 슬픈 상황이었다. 병실에 누워 있는 여인들의 심정을 아는지 모르는지 가을하늘은 나날이 높아가고 있었다.

시간이 흘러 또 다시 퇴원을 하고, 소독과 물리치료를 위해 통원치료 중이다. 나이 드는 게 쉽지가 않다. 영혼을 받쳐주는 건 육체이니 하찮게 여겼던 그 몸을 잘 모시고 살아야 한다는 사실을 새삼 깨닫는다. 퇴원 후 한 달 간 목발에 의지해야 한다는데 장애인의 심경을 절실하게 이해하는 계기가 되었다.

시나브로 계절이 바뀌고 있다. 여름에서 가을로 갈 때 난 늘 힘들었다. 무성하던 푸른 잎이 퇴색하고 만물이 소멸하는 계절이 오면 미미한 나의 에너지도 침잠한다. 바람이 소슬해지고 조락의 기운이 느껴지면 공연히 센티멘탈해지는 것이다. 올 환절기는 확실하게 형태를 갖춘 고통이 막연한 멜랑콜리를 대신했다.

인생길에는 생각지 않은 복병들이 숨어 있다. 언제 어떤 모습으로 튀어나와 웃고 울릴는지 아무도 모른다. 즐겨 듣는 음악방송에서 음악이 흐른다. Sunrise Sunset, 오늘도 해는 뜨고 또 다시 지고, 그렇게 삶도 흘러간다.